EL PATRIMONIO

ROSEWOOD LIBRO 1

SUE MYDLIAK

Traducido por

RAFAEL ANTONIO RAMIREZ APONTE

Publicado en 2021 por Next Chapter

Editado por Elizabeth Garay

Arte de portada por CoverMint

Dedico este libro a mi familia por su paciencia, amor y comprensión mientras escribía esta historia.

PRÓLOGO

Los pétalos de rosa son el recuerdo más imborrable de mis padres. Como las lágrimas, flotaban sin rumbo fijo alrededor de la lápida. Su olor volaba suavemente en el viento que cubría el suelo en un manto de perfumada belleza. No sabía quién había puesto los cientos de rosas sobre la tumba de mis padres, pero estaba agradecida.

Me había perdido el funeral de mis propios padres. Se habían ido y nunca los volvería a ver. Nunca escucharía la risa de mi madre, o mi padre carraspeando para llamar mi atención. Nada volvería a ser igual. Nadie jamás me vería, ni me amaría de la forma en que lo habían hecho; nadie me abrazaría cuando estuviera enferma, ni me cuidaría como si aún fuera una niña. Sola, me quedé de pie, tratando de sentir su presencia, pero no sentí nada excepto el dolor sordo de la pérdida.

Caminé de regreso a donde el taxi me esperaba y respiré hondo. Había llegado el otoño. No me había dado cuenta de que las hojas comenzaron a tener sus característicos colores cuando me subí al vehículo. El tiempo vuela cuando te enfrentas al mundo sola. Me senté allí pensando en manzanas acarameladas, calabazas y noches junto al fuego leyendo, mientras mi madre y mi padre disfrutaban de su compañía. En ese momento, un escalofrío recorrió mi espalda. Estaba en casa, pero ahora no tenía ningún significado real para mí, porque el hogar no es solo un lugar; son las personas que amas las que lo convierten en el centro de tu mundo.

Estaba soñando despierta, era una pesadilla, aturdida, fuera del cementerio de Utica, en estado de shock. Mis padres habían muerto en circunstancias misteriosas y yo había estado lejos de casa. Una parte de mí se sentía culpable, pero, sobre todo, me sentía desconsolada al pensar que habían muerto mientras yo disfrutaba del regalo de cumpleaños número veintiuno que ellos me habían dado: unas vacaciones en Europa. Mis padres habían organizado alcanzarme en este viaje, pero en el último minuto, tuvieron que retrasarlo por negocios. Seguí adelante sin ellos. Parecía que había pasado la mayor parte de mi vida sin ellos, me hacían falta, deseaba volver a casa y ahora…

1

Cuando me contactaron, volví a casa, mis padres habían sido enterrados y la investigación de su muerte, aunque no concluyente, había sido cerrada. Todavía no entendía por qué no esperaron por mí. ¿Por qué tanta prisa? Como si no hubiera otros miembros en la familia, ¿o sí? Papá nunca mencionó a nadie, ni tampoco mamá. Es curioso. Mientras conducíamos por los caminos, ya conocidos, la mitad de mí no creía que se hubieran ido y la otra mitad estaba asustada de lo que les podría haber pasado.

La realidad se estaba asentando, me dolían los lugares que no sabía que existían. ¿Volvería todo a la normalidad nuevamente? ¿Desaparecería este dolor eventualmente? Ahora que mi pasado estaba muerto y enterrado, no tendría otra opción que continuar con el nuevo camino que el destino me había dictado.

Me parecía que todo en mi vida me había preparado para la soledad. No tenía a nadie, ni hermanos a los que acudir para que me consolaran; ahora solo estaba yo, sola. Pasé mi adolescencia en internados muy caros, pero por alguna razón, nunca hice amigos.

Nací aquí en Utica, como mis padres. Mi madre y mi padre

vivieron aquí toda su vida; fueron novios desde la escuela. Mi madre eligió ser ama de casa, en cuanto a mi padre, no necesitaba un trabajo de nueve a cinco. La familia Rosewood se remonta al siglo XVIII en Estados Unidos y ellos ayudaron a construir Utica. Habían sido inversionistas. Mis padres eran ricos. Es curioso, aunque estábamos bien financieramente, nunca vi ostentación de riquezas en nuestras vidas. No recuerdo que mi padre saliera de casa para ir a trabajar. Mamá me dijo que era una persona importante y cuando le preguntaba de niña qué hacía, me sorprendía y decía que no debía preguntar. Me llamaba Srta. "Pantalones Curiosos" y me mandaba a jugar. En mi imaginación infantil, lo imaginaba como un gánster, un Don de una gran familia italiana, y con negocios ilegales. Una vez pensé que tal vez estaba bajo el servicio de protección de testigos. Cualquier fantasía que tuviera no me preparó para la realidad.

Un día me llené de valentía y le pregunté qué hacía para que su trabajo fuera tan importante. Me sentí asustada, lo que me sorprendió porque nunca le tuve miedo, pero en ese momento, sí lo tuve. Me dijo que no debería preguntarle y que debería estar feliz de tener un padre que pudiera permitirse enviarme a buenas escuelas y que pasara tanto tiempo con su familia. Desde ese día, nunca volví a preguntarle.

Mi madre siempre dijo que me parecía a mi padre. Tenía su cabello castaño oscuro, ojos color verde esmeralda y tez de marfil, pero yo nunca pude notarlo. Era de baja estatura como mamá, solo llegaba al hombro de mi padre, y mi cabello, debido a que siempre estaba fuera de casa, en la escuela, perdió su color caoba y en su lugar parecía arder como fuego, era un color naranja brillante, por lo que lo mantenía corto. Mis ojos cambiaron sutilmente, volviéndose menos verdes, más avellanos e incluso grises en los días nublados.

Fui tosca de pequeña; yo quería ser el hijo que mi padre siempre negó querer. Debo haber sido una decepción para mi madre. No soy una chica común. Sé que le hubiera gustado ponerme vestidos o faldas, solo que a mí no me gustaba. Como mi padre, siempre estaba más feliz con un par de jeans y un viejo suéter.

Ahora no me sentía tan tosca; pero, probablemente por primera vez en mi vida, me sentía insegura y si pudiera volver atrás en el tiempo y ponerme uno de esos vestidos que tanto le gustaban a mi madre lo haría, pero no podía, ya era demasiado tarde.

En mi viaje de vuelta a casa, el cielo comenzó a volverse gris y el paisaje se volvió amorosamente familiar para mí. Me acercaba a mi casa, por supuesto, mientras el coche subía la colina. "Rosewood Manor" se erigía, majestuosa y familiar, justo delante. La valla de hierro forjado todavía protegía mi casa, como lo había hecho cuando era joven, pero ahora las imponentes puertas se mantenían abiertas, casi como si estuvieran esperando mi regreso. La hija pródiga, solo que ahora ya no era hija de nadie.

No quería entrar; no quería ver ninguna evidencia de lucha, o peor aún, sangre. "Ay, Dios", levanté mis ojos al cielo. "Por favor, que no haya sangre", susurré.

"¿Dijo algo?". El conductor preguntó mientras estacionaba el taxi detrás del BMW de mi madre.

"No, no realmente", dije, saliendo y pagándole.

Se marchó sin parar, me di cuenta de que nadie sabía que había vuelto, excepto el abogado de mi padre. Me había recogido en el aeropuerto y me llevó a su oficina para firmar unos documentos legales. Yo era la heredera de una fortuna que sería mía solo cuando me casara. La cláusula de mis padres me impactó profundamente. Era el tipo de cosas que solo se leen en las novelas góticas o en los romances históricos. Cuando el abogado me lo explicó, sentí como si me hubiera deslizado en un túnel del tiempo. Como una heroína victoriana, tendría una generosa asignación cuando apareciera en la oficina del abogado con una licencia de matrimonio válida y un marido. Me imaginé que pasaría un año o diez antes de que eso sucediera.

Mi estómago se revolvió, mi piel se humedeció ante la idea de entrar en la casa. Me dije severamente que alguien habría limpiado la escena. Respiré profundo y recordé que la copia de la autopsia que me habían enviado por fax decía que mis padres habían estado ensangrentados. La causa oficial de la muerte fue la hipovolemia: en lenguaje llano, la pérdida de sangre.

De los aspectos más extraños de la muerte de mis padres fue la ausencia de sangre en sus cuerpos. Esa información me impactó, no era una experiencia agradable. Mi imaginación se desbocó. La palabra vampiro apareció en mi cerebro, pero la evité por la ansiedad. La investigación oficial se cerró, señalando que la muerte de mis padres fue accidental, la ausencia de sangre y las extrañas heridas se explicaban fácilmente como una actividad de animales carroñeros haciendo un trabajo postmortem. No podía aceptar que mis padres no hubieran sido personas cuidadosas. ¿Qué podría haberlos matado sin darles tiempo de llamar a una ambulancia, a la policía, o incluso a un vecino?

Suspirando, abrí la puerta y entré. El vacío me golpeó fuerte. Me rodeó con sus brazos y me sacó todo el aliento. Jadeé buscando aire mientras luchaba contra la necesidad de dejar salir la desesperación, la rabia, pero cedí a las lágrimas mientras caminaba por la casa.

Un fuerte golpe me trajo de vuelta y entré en pánico. Inmediatamente pensé lo peor, que él, el asesino, había vuelto. Agarré el arma más cercana, el atizador de fuego, y lentamente me dirigí de vuelta al pasillo. La puerta principal estaba abierta y el aire frío me hizo temblar. La cerré con firmeza, me aseguré de que no se abriera de nuevo. Puse la cadena.

Como ahora tenía frío, decidí que era necesario hacer un

fuego. Atravesé la casa hasta la puerta trasera y salí. El cobertizo estaba a unos metros de la puerta y sabía que mis padres habrían almacenado madera para el invierno. Por suerte, el cobertizo no estaba cerrado con llave y encontré cuatro leños que servirían. Mis nervios parecían haberse calmado un poco, pero al entrar en la casa de nuevo, algo no se sentía bien. No estaba sola; sentía como si alguien o algo me estuviera observando. Mi piel comenzó a cosquillear y mi corazón se aceleró. Estaba cansada o agobiada, pero parecía como si al haber entrado a la casa, esta estuviera viva y que sus latidos, silenciados por la muerte, de alguna manera habían vuelto a la vida.

Era difícil deshacerse de la sensación de "ser observada", así que escuché atentamente cada sonido. Estaba petrificada, el pensamiento de que el asesino había regresado, y que observaba cada uno de mis movimientos, me desconcertaba. ¿Debería salir de la casa? ¿Estaría más segura fuera? Escuché un crujido detrás de mí y me hizo entrar en pánico. Corrí hacia la escalera, me senté con la espalda contra la pared en el sexto escalón. El sonido de los fuertes latidos de mi corazón me reconfortó un poco, pero no lo suficiente. Todavía no me sentía segura.

"Vamos", dije en voz alta. ¿Qué diría mamá o papá en este caso? Dirían que dejaba volar mi imaginación y se burlarían de mí por ver muchas películas de terror, pero el único horror que importaba era su muerte. El impulso de llorar me abrumó y respiré profundamente para contenerme. Necesitaba dejar de ser una gallina y comenzar el fuego como estaba previsto. El sol ya se había puesto y se sentía más frío en el interior.

Un golpe en la puerta me asustó. Nadie sabía que había vuelto, ni siquiera mi vecino que vivía a menos de un kilómetro de mi casa.

"¿Quién es?", grité. No hubo respuesta. Grité nuevamente, pero más fuerte, aun así no había respuesta.

Con el atizador en la mano, me dirigí lentamente a la puerta principal, comprobando primero si la cadena estaba en su lugar y la abrí. Un extraño estaba allí, de mi edad, tal vez un poco mayor, con cabello negro. Hombre, de aspecto fuerte, vestido todo de negro, su camiseta estaba descolorida por el uso, parecía ajeno al frío. Por lo que pude ver, no era más alto que yo. Unos cuantos centímetros, tal vez. Le miré fijamente el pecho, luego mi atención se dirigió hacia su cara; sus ojos eran del azul más claro que jamás había visto. Hipnotizada por ellos, no pude apartar la vista, pero el viento acarició mi cara, trayéndome de vuelta. Me parecía familiar, pero no podía recordar cuando lo había conocido, había estado alejada de Utica mucho tiempo.

"¿Qué es lo que deseas?". Bien hecho, Candra, ¿podría comportarme más snob? Le eché la culpa al cansancio. Además, estar de pie junto a la puerta, con frío, no ayudaba a las cosas.

"Lamento molestarle, pero me enteré de que un miembro de la familia había vuelto a "Rosewood Manor" y pensé en presentarle mis respetos. El Sr. y la Sra. Rosewood eran gente encantadora; fue un shock terrible saber de su muerte".

"Um..., muchas gracias, es muy amable de su parte". Me preguntaba por qué venía por la noche y no durante el día. Entonces, me di cuenta de que probablemente trabajaba hasta tarde.

"Lo lamento, pero he estado fuera durante mucho tiempo... ¿te conozco?". Le dije, sintiéndome agotada y cansada más allá de lo soportable.

"Lo siento, qué rudeza de mi parte. Soy Kane, Kane Smith". Su sonrisa parecía genuina, pero inquietante al mismo tiempo. Algo en él hizo que me dieran escalofríos por la columna, pero no pude ubicar la sensación. Me sentí atraída por él. Tenía la extraña idea de que podía sentir mi dolor y sabía exactamente lo que yo estaba pensando. Casi como si se hubiera alimentado de mis emociones. No queriendo asustarme más, dejé que mi mirada pasara de lado.

"Veo que estás cansada, te dejaré descansar, pero volveré pronto".

"Sí, estoy un poco cansada. Um, gracias por venir y ofrecer tus condolencias... espera. ¿Volverás? No quiero parecer grosera ni nada, pero ¿por qué? Quiero decir, no te conozco y yo...".

"Vengo aquí a menudo, de camino al... trabajo. Así que, ahora que estás aquí, pasaré otra vez, pero esperaré, ya sabes, espera un poco más hasta que te hayas adaptado".

"Oh, eso no será necesario, quiero decir, visitarme de nuevo, de verdad, estaré bien".

Hombre extraño, noche oscura, y mis padres muertos... no es bueno, pensé.

"Un amigo mío se quedará conmigo hasta que pueda arreglar las cosas aquí antes de marcharme".

"¿Te vas? Pero si acabas de llegar". Sus ojos se fijaron en los míos.

Tenía la sensación de que no controlaba mis pensamientos o mis emociones. Quería que me dejara en paz, no quería ser descortés. Mi mente y mi cuerpo estaban desgastados y me volví incapaz de decir lo que quería... Me quedé callada. ¿Qué estaba pasando conmigo?

"Te dejo con tus pensamientos. Descansa y duerme bien. Oh, nunca supe tu nombre".

Como si se hubiera apagado un interruptor, volví a ser la misma de antes.

"Yo... Oh, soy Candra. Candra Rosewood. Es tarde, así que si me disculpas, necesito ver qué es lo que retiene a mí... amigo".

"Ah, así que eres su hija, qué lástima". Sacudió la cabeza y pude ver dolor reflejado en sus ojos.

"Buenas noches, Candra, espero que podamos encontrarnos de nuevo en circunstancias mejores".

"Buenas noches". Cerré la puerta, pero me asomé por la

ventana para ver en qué dirección se marchaba. Pero, no vi nada. Era como si hubiera desaparecido en el aire. Miré hacia el camino; nada, sólo un manto de oscuridad, y entonces me di cuenta de algo. No había escuchado el sonido de un auto que se detuviera o saliera. Esto me asustó.

"Se fue caminando. No te asustes por este sujeto".

Me apoyé. "Es sólo mi imaginación volviéndose a alarmar". Al entrar en el salón pensé en él y en su aspecto... bueno, amable, de una manera daba miedo. Algo en sus ojos me hablaba, pero no con palabras, era difícil explicar lo que sentía; era como una conexión entre nosotros. Me recompuse y abandoné el pensamiento.

Arrojé los troncos a la rejilla, cuidadosamente arrugué pedazos de periódico y los metí estratégicamente. Mi padre siempre iniciaba el fuego, y lo observaba. Ahora era mi turno. Encendí los papeles y soplé ligeramente.

"Vamos, por favor..., por favor". Miré como las llamas engullían los papeles y luego lentamente se enganchaban en la corteza seca de los troncos. Me acurruqué en el sofá con el afgano de mi madre, vi como las llamas bailaban a través de las aberturas de las brasas ardientes, desapareciendo al acercarse a la chimenea. El fuego era acogedor, reconfortante y familiar. Mientras las llamas bailaban en la chimenea, me preguntaba qué me deparaba el futuro.

2

La noche parecía interminable, sin embargo, me las arreglé para dormir un poco. La luz del sol de la mañana se abrió paso a través de las cortinas, un brillo en mis ojos terminó despertándome. Me estiré, todavía me sentía agotada, la idea de volver a dormir me era atractiva, pero justo entonces mi estómago gruñó de hambre. No había comido en lo que parecían días y no había planeado lo suficiente para saber si había comida en la casa, o si la hubiera, si todavía sería comestible.

Decidí que había mucho que hacer para volver a dormir y me arrastré a la cocina. Seguía siendo la misma: grande y llena de recuerdos. A mi madre, siendo del tipo anticuado, nunca le gustó nada moderno. Entre las blancas paredes estériles de la habitación, estaba mi aparato favorito, el viejo Aristócrata de 1951, el "Rey de los fogones", más conocido como la estufa de la ciudad y del campo. Puse la tetera para calentar agua y me senté en la silla de mi madre. Mi estómago con sus ruidos de gorgoteo colocó en mi lista un viaje al supermercado.

Lo que necesitaba era una bocanada de aire fresco para levantar el ánimo después de todo el pesimismo. Mi restaurante favorito de la ciudad tenía el mejor desayuno y recuerdo que fui allí con mi madre. Fueron buenos tiempos. Esto hizo que el vacío dentro de mí pareciera desvanecerse ligeramente y me sorprendí a mí misma sonriendo por primera vez en lo que parecían años.

Apagué la estufa, tomé mi abrigo y salí. Cuando cerré la puerta detrás de mí, esa sensación inquietante se apoderó de mí otra vez. Miré alrededor, con nerviosismo, pero no vi a nadie, sin embargo, una presencia se estaba haciendo real, la sensación de que alguien estaba en algún lugar observando mis movimientos. Lo que resultó ser aún más inquietante y no sé cómo llamarlo, pero me sentí conectada a esta… cosa.

Me subí al auto de mamá, lo saqué de la entrada y me dirigí al pueblo. "Rosewood Manor" no estaba lejos de la ciudad, lo que era muy bueno, porque no me había dado cuenta de lo hambrienta que estaba. Mientras conducía, la paranoia sacó lo mejor de mí. Seguí mirando alrededor en busca de cualquier cosa que me llamara la atención; algo extraño, algo fuera de lugar, o tal vez a él, a Kane.

Me enfadé conmigo misma por buscar a este bicho raro, centré mis pensamientos en otras cosas. La llamada al forense me vino a la mente. Me habló de sus muertes, pero lo que lo hizo tan escalofriante fue la forma en que las dijo, las palabras, frías y sin sentido.

"Lo siento Srta. Rosewood, pero después de las autopsias, no pudimos encontrar ningún rastro de sangre en ninguno de los cuerpos. Nunca he visto nada como esto, debe haber sido un extraño accidente. Lo único que tiene sentido es el ataque de un animal. Voy a enviarle por fax una copia del informe". Colgó sin decir una palabra más, ni siquiera un adiós.

Entonces mis pensamientos recordaron el viaje a casa de mis vacaciones en Italia, después de recibir la noticia. Había prometido ser fuerte, pero era muy difícil. Ahogué las lágrimas, no quería ser vulnerable, pero entonces otra vez, ¿quién estaba para consolarme? Deseaba ahora tener un hermano o hermana o al menos alguien como un amigo cercano que pudiera hablar también, estar cerca, pero ni siquiera tenía eso. Maldición.

Llegué a la ciudad, y habiendo pasado la cafetería, aparqué el coche en el estacionamiento más cercano y me bajé. El día resultó ser soleado. Ni una nube en el cielo y eso compensó todo el pesimismo del día anterior. Necesitaba esto. Necesitaba ver cosas familiares. Necesitaba ver que la vida continuaba y que continuaría. Cuando abrí la puerta del restaurante, el olor de los huevos, el tocino y el café me dieron la bienvenida. No pude evitar cerrar los ojos e inhalar. Casi, pero no del todo, una sonrisa se deslizó en mi cara. Me senté en una mesa junto a la ventana y miré a mí alrededor. No había mucha gente esta mañana. Unos cuantos hombres mayores se sentaron juntos al final, parecía que se estaban divirtiendo. A uno de ellos lo recordé vagamente de la iglesia hace unos años. Miró hacia mí y sonrió; Dios espero que no venga, no podía recordar su nombre y no quería escuchar las condolencias banales de los conocidos del pueblo.

La mesera se acercó y me dio un vaso con agua y el menú, me dijo que me daría unos minutos para decidir lo que quería. Ya sabía lo que quería, pero no tenía prisa, así que le di las gracias. Tantas opciones, pero decidí ir con la opción habitual de mi madre, un huevo, dos tiras de tocino y una tostada de trigo. Mi estómago gruñó más fuerte cuando le hice señas a la mesera para que me tomara mi orden.

"¿Le gustaría un café con eso?", preguntó. La conocía vagamente; la había visto ahí durante los años en que estaba en casa cuando iba a la escuela. Creo que era un par de años mayor que yo, pero siempre que la veía, estaba rodeada de amigos. Debo admitir que su popularidad me ponía celosa. Recuerdo una época en la que acababa de pasar dos años en un internado solo para chicas en Canadá, conduje por la ciudad con mi madre y la vi con su novio frente a este mismo restaurante. Mi mamá me había sonreído, casi leyéndome la mente, me dijo que un día encontraría mi lugar en el mundo y que sólo tenía que ser paciente.

"No, tomaré jugo de naranja, gracias".

No tuve que esperar mucho tiempo. El servicio siempre ha sido bueno. No tardé en terminar de comer mi desayuno una vez que la mesera lo puso en la mesa. Sentí como si hubiera pasado hambre durante semanas en lugar de un solo día. Todo sabía tan bien y tenía la sensación de que las cosas estarían bien. También me sentí como mi antiguo yo. Es increíble lo que la comida puede hacer por una persona. La comida reconfortante, en mi opinión, alimenta el alma, así como el cuerpo. Esta actitud hacia la comida me ha dado curvas que he mantenido la mayor parte de mi adolescencia.

Después de pagar la cuenta y dejar una propina, volví a mi auto y me dirigí al supermercado. De nuevo, la espeluznante sensación de "ser observada" me invadió. Me encogí de hombros y me dije a mí misma:

"Tonterías". Busqué en mi bolsillo, por costumbre, mi celular por si necesitaba llamar al 911, pero no encontré nada. Suspirando, recordé que lo había perdido en Italia y aún no había podido reemplazarlo, lo siguiente en mi "lista de cosas por hacer".

A lo lejos, una figura, oscura y presagiadora, estaba mirando.

3

Llegué a la casa y salí del coche con los brazos cargados de comida. Dirigiéndome hacia la casa creí verlo, Kane, a lo lejos, observándome. Me detuve y miré hacia atrás. La figura vestida de negro se endureció notablemente cuando vio que lo estaba mirando, pero se quedó ahí parado, inmóvil a la sombra de los árboles. Lo encontré vagamente perturbador. Esto no era normal. En el mejor de los casos, era espeluznante, y en el peor... Ignorándolo, me puse en acción y me dirigí a la puerta principal. Luchando con las llaves y la comida, maldije entre dientes.

Si fuera un caballero, habría venido y se habría ofrecido a ayudarme a llevar las bolsas, pero no, se quedó ahí parado. Apretando los dientes, traté de calmarme y abrí la puerta. Los comestibles estaban a punto de caer, así que me apresuré a llegar a la cocina justo a tiempo antes de que la bolsa explotara.

Me quité el abrigo, lo puse en el respaldo de una de las sillas de la cocina y empecé a guardar la comida. Volví a casa triste pero no derrotada, esperando poder darle sentido a lo que pasó. Ahora parecía tener problemas con un extraño que parecía un acosador, pero ¿y si él hubiera matado a mis padres? Eso podría explicar su extraño comportamiento.

Terminé lo que estaba haciendo y me dirigí a la sala de estar donde me acosté en el sofá, mirando al techo. Recuerdo que de niña pensaba lo genial que sería si el techo fuera el suelo y el suelo el techo. Todo estaría al revés. Solía visualizarme moviéndome por las habitaciones de esta manera. Sonreí. Entonces un ruido me sacó de mis pensamientos.

"Ay, Dios, ¿ahora qué pasa?". Mi corazón empezó a latir más rápido.

Estaba furiosa por mi vulnerabilidad al miedo, asustada por este juego, que alguien, Kane probablemente, utilizara una táctica de miedo y planeaba debilitarme aún más. Mis labios se adelgazaron por la ira.

Corrí hacia la ventana, él todavía estaba en la sombra de los árboles, no del todo a la vista, pero lo sabía. Sentí su presencia. Corrí hacia la puerta, la abrí. Se puso justo delante de mí, como antes.

"¿Qué quieres? ¿Por qué no me dejas en paz?".

"Candra, ¿así es como saludas a un amigo? Estoy decepcionado".

"Así es como saludo a una persona que, a todos los efectos, es un extraño. ¿Qué es lo que quieres?". Apreté los dientes y me mantuve firme.

Se acercó, respiró hondo, inhaló como si mi presencia no fuera suficiente para él y necesitara más. No parecía alarmado, ni sorprendido por mi ira. Me alejé de él.

"Ya veo, así que sigo siendo un extraño. Lo aceptaré por ahora. La razón por la que… vine aquí fue para verte y ver si necesitabas alguna ayuda. Tus padres fueron muy amables conmigo a lo largo de todos estos años. Tu padre me tomó especialmente bajo su protección. Me pregunto si necesitas algo. Me gustaría devolverles su amabilidad ayudándote". El comienzo de una sonrisa hizo que las comisuras de su boca se elevaran y el calor de la misma resonó en su voz.

Lo miré con reproche. "¿Es eso lo que hace, Sr. Smith, ponerse del lado de la gente y hacerles sentir que les está haciendo un favor, y luego cuando no están mirando… BAM… se mueve para matar? ¿Así es como opera?".

"No tengo idea de lo que estás hablando. ¿Bam? ¿Estás suponiendo que yo los maté? Si es así, estás tristemente equivocada. Tus padres eran mis amigos. Yo…".

"¡Alto! No quiero escuchar otra palabra que salga de tu boca, son mentiras. Todo lo que dices es una mentira y no me gusta. No eres bienvenido aquí, y si sigues molestándome, vigilándome, o cualquier otra cosa por ese motivo, llamaré a las autoridades".

Kane asintió con la cabeza y se giró como si se fuera a ir.

"Si yo fuera tú, Candra, me aseguraría de que tus ventanas estén cerradas. Nunca se sabe si un… roedor pueda entrar". Su boca se movió con cierta diversión, mientras se daba la vuelta y se alejaba.

No era lo que yo pensaba, no es que supiera qué pensar. Parecía más poderoso hoy. La única razón por la que lo sabía es que lo había sentido, una conexión entre nosotros, y me asustó. Mi espíritu, mi voluntad, se sentía disminuido cuanto más me topaba con él. Entré y me dirigí a la cocina para tomar un té caliente, la mezcla especial de mi madre. Hice una nota mental para conseguir un nuevo teléfono celular mientras colocaba la tetera en la estufa y me sentaba.

El mantel de la mesa de la cocina era uno de los favoritos de mi madre. Era blanco con un patrón azul de Wedgewood que sobresalía. Seguí el patrón del mantel con mi dedo índice mientras pensaba en lo que acababa de ocurrir. La idea de que a mis padres les gustara era inconcebible. El mero pensamiento de él dentro de mi casa me repugnaba. Lo extraño de todo esto me hizo pensar en la palabra vampiro. Me estremecí y se me puso la piel de gallina, como si una brisa fría de una ventana abierta me hubiera golpeado. Recuerdo haber visto una película de vampiros en la que un tipo aparentemente normal llegaba a una casa, pero no podía entrar. Como si una pared invisible estuviera delante de él. No fue hasta que fue... *"invitado a entrar"* lo había dicho en voz alta.

La tetera silbó, sorprendiéndome para que volviera a enfocarme. Me levanté y preparé una taza de té de hierbas caliente. Metí la mezcla seca en la tetera y vertí el agua caliente sobre ella. Por alguna razón, esto no se me pasó por la cabeza. Todo este asunto de los vampiros comenzó a tener sentido. Cuanto más pensaba en ello, más me asustaba. Dándome un gran sacudón mental y físico, volví a prestar atención a la preparación de mi té. Me gustaba fuerte. Su fragante calor invadió primero mi garganta y luego mi estómago, aliviando las tensiones de los últimos días. Mis padres bebían esta cosa, cuando era niña me encantaba el olor, pero no el sabor. Ahora mis papilas gustativas habían madurado y me encantaba esta mezcla en particular, ningún otro té sabía tan bien como éste. En la escuela, mi madre me enviaba regularmente galletas caseras y su mezcla especial de té de rosa mosqueta para recordarme mi hogar.

"Vampiro...". Le di vueltas por mi cabeza, pensando en todo lo que había experimentado hasta ahora, lo que sabía sobre ellos y me pregunté si algo así podría existir. Tenía que asegurarme de que no me estaba volviendo loca. Vampiro... sonaba tan fuera de lugar, que no podía ser verdad, no ahora, no en el siglo XXI, pero ¿qué otra cosa podía ser? Todavía no me sentía bien, no sentía lo mismo; como si estuviera sintiendo las cosas a través del filtro de las emociones de otra persona.

"¡Me estoy volviendo loca, lo sé!". Dejé la taza, me levanté, caminé hasta la ventana y miré hacia afuera.

¿Quién es este Kane, y por qué me sentía tan conectada a él?, me pregunté, y si había sido amigo de mis padres, ¿por qué nunca me lo mencionaron?

Entonces recordé a mi vecino, el Sr. Bennet. Necesitaba verlo. Si alguien podía darme respuestas, tal vez sería él. Debió conocer a mis padres, y podría saber algo sobre Kane. Cuando fui a mi primer internado, él se había mudado a la vieja granja, a kilómetro y medio de nosotros, aunque no recordaba haberlo visto nunca por aquí o visitarnos. Fue al final de la tarde cuando decidí ir a verlo.

Salí a la carretera. La vista y el olor de las hojas secas llenaron mis sentidos y no pude dejar de pasar por encima de ellas. Se alineaban en la calle mientras caminaba y me sentía casi como una niña con mi alegría. No sentía la presencia de Kane, por lo que sentía cierto alivio, pero al mismo tiempo, me entristecía, su ausencia.

La casa del Sr. Bennet siempre me recordaba una pintura en una caja de chocolate, una visión de cuento de hadas del sueño de un niño pequeño. El exquisito ladrillo marrón y el intrincado calado, las enjutas y los frontones blancos y brillantes me deslumbraban. Me di cuenta de que nada estaba fuera de lugar. El jardín lleno de árboles se veía prístino y las ventanas eran claras, tan claras, que podría jurar que no había cristales en los marcos. Un columpio colgaba perezosamente en el porche y los muebles de mimbre completaban la acogedora escena. Arregló este lugar de una manera tan grandiosa. En la ciudad, la gente decía que estaba embrujada y que a veces se oían gritos que salían de ella. Genial, que esos pensamientos sigan llegando y no podrás poner un pie en el escalón.

Cuando finalmente llegué, dejé atrás todas esas extrañas historias y respiré hondo. Primer paso, segundo paso, tercer paso, estaba progresando, y por último el cuarto paso. La gran y vieja puerta de roble estaba justo delante de mí, así que llamé. Mi nerviosismo me hizo sentir que esto era un error. En el último minuto, me volví para volver a casa cuando la puerta se abrió.

"¿No es una grata sorpresa? Por favor, entra, ¿quieres?". Mantuvo la puerta abierta para mí.

"¿Puedo tomar tu chaqueta?". Inmediatamente me agarré a la parte delantera de la misma y cortésmente le respondí:

"¡No! Quiero decir, todavía tengo un poco de frío, pero gracias". Si tuviera que salir corriendo a casa, todavía tendría mi chaqueta. Todavía tenía mis facultades. No me habían dejado... al menos no todavía.

"¿Puedo decir cuánto siento tu pérdida y si hay algo que pueda hacer o conseguir para ti, no dudes en pedirlo?".

"Bueno, tengo algunas preguntas que espero que pueda responder. Me siento un poco tonta porque es sobre mis padres y Kane".

Su cara, cuando mencioné a Kane me decía que había tocado un nervio. Había hecho lo correcto al venir aquí, después de todo. Me hizo un gesto para que lo siguiera. Mientras lo hacía, no pude evitar notar las pinturas al óleo rodeadas de ornamentados marcos de oro. El Sr. Bennet aparecía en algunas, así que suponía que debían ser sus antepasados. Sabía que debía ser un truco de la luz, pero también se parecían a mi padre. Supuse que era sólo una coincidencia y lo olvidé mientras lo seguía.

"Aquí estamos, siéntete como en casa" dijo, indicando que me acomodara.

Todavía me sentía incómoda, pero sabía que tenía respuestas. Que sabía algo. Solo tenía que aguantar un poco más.

"Entonces, ¿qué es lo que quieres pedirme?". Sacó su pipa y la encendió. Las bocanadas de humo escaparon de su boca y flotaron sin rumbo hacia el techo.

"¿Te importa?", sostuvo su pipa ligeramente hacia mí.

"No, es su casa, haga lo que guste. Um, bueno, esto es incómodo. ¿Sabe algo sobre este Kane? Kane Smith, creo que es un amigo de mis padres".

Pude ver que el nombre causaba otra pequeña sacudida de emoción, no identificable, pero de nuevo se recompuso. Hizo una pausa, como si estuviera pensando y respondió:

"¿Así que conociste a nuestro Sr. Smith? Sé muy poco sobre él. Tiene más o menos tu edad. Siempre estaba en la casa en ciertos momentos y luego desapareció. Me preguntaba si él y tus padres se habían peleado. Solía ayudar a tu madre en el jardín y a menudo llegaba antes del amanecer.

El antes del amanecer me llamó la atención de inmediato. *"Amanecer, y ...".*

"Y supongo que les ayudaba con otras cosas. Candra, Srta. Rosewood, ¿de qué se trata todo esto, pareces preocupada?".

"No estoy segura de cómo empezar. Vino anoche, mi primera noche en casa. No era tarde, pero lo suficientemente tarde como para que me pareciera extraño. Dijo que era para ofrecer sus condolencias. De todos modos, cuando se fue, como que se desvaneció. Oh, sé que esto suena tonto y probablemente estoy imaginando cosas. Me asustó. Nunca he visto a nadie irse tan rápido. Entonces últimamente lo he visto, de la nada, a lo lejos observándome o simplemente está ahí, ya sabe; ¡abro la puerta, y sorpresa! Me da escalofríos y su actitud es tan... irritante. No... me gusta".

Eso era una mentira. Sentí algo por él, por qué, no lo sabía realmente, pero algo en mí parecía reconocer algo en él y mi soledad se aliviaba, solo un poco, cada vez que lo veía. Mis sentimientos se volvían más intensos con cada encuentro y me odiaba por sentirme así.

Estaba perdida en mis propias reflexiones y no me di cuenta de lo que le pasaba al Sr. Bennet; al mirarlo, pensé que estaba teniendo algún tipo de ataque. Sus ojos se habían puesto vidriosos y miraba fijamente al espacio. Los huesos de sus manos sobresalían blancos y pálidos, mientras se agarraba a los brazos de su silla.

"¿Sr. Bennet?".

"¿Cuándo comenzó este sentimiento de conexión, Candra?" hablaba, no a mí, sino a través de mí como si yo no estuviera allí. Parecía preocupado por todo esto.

Escogí mis palabras cuidadosamente y le respondí:

"Anoche, que era mi primera noche en casa".

"Es demasiado tarde, ya ha empezado". Sus ojos ahora se centraban en mí, esto era gravemente serio.

"¿Empezó? No suelo ser paranoica, pero, ahora me está asustando. Ni siquiera sé qué es demasiado tarde, así que tendrá que decirme un poco más...".

"Has sido marcada, Candra. Tienes la primera marca; hay tres más por venir. Me gustaría que me dejaras continuar sin interrupciones, porque es imperativo que escuches. Hay cuatro marcas para un sirviente humano, una vez que se dan las cuatro, el humano está totalmente atado a ese vampiro, Candra, estas marcas no se pueden quitar".

Un escalofrío me atravesó. Era igual que antes, cuando la palabra vampiro invadió mi mente, acosándome. Esta vez la sensación fue más pronunciada.

Vampiro... La palabra, como veneno, corrió por mi mente, haciéndome enfermar. Quería que esto fuera un sueño, sabía que en la realidad los vampiros no existen, son ficticios, sólo se encuentran en libros, películas y leyendas de épocas menos sofisticadas. Escuchar al Sr. Bennet, mi respetable vecino de mediana edad, decir que un vampiro me había marcado, podría ser divertido, pero no lo era si no había nada que validara esa idea.

"Tiene que haber una manera de detenerlo, Sr. Bennet. Yo no pedí esto. ¿No depende de mí decir algo?". Sabía, en algún lugar de mi memoria de cada película de terror que había visto, que cuando se trata de vampiros, la víctima no suele tener voz ni voto en nada. Si el Sr. Bennet y mi intuición eran ciertas, era mi desafortunado turno ser la víctima del vampiro.

Entonces su comportamiento cambió. Ya no parecía amenazador, sino tranquilo, casi sereno, mientras hablaba. Un poco desconcertante si se me pregunta porque mi vida estaba en juego y él estaba tan, tan... tranquilo, casi como si yo lo entendiera. Bien, he conocido a un hombre extraño y ahora aquí está el segundo. Fue casi como revivir un episodio de "La Dimensión Desconocida". Quería irme, pero mi instinto me decía que esto era lo que quería saber, así que aguantaría.

"Quiere un sirviente humano, tú. Tienes algo que él desea y al unirse a un humano, se vuelve más poderoso. Tú y él estarán sintonizados el uno con el otro que te convertirás en un receptor de sus sentidos. En realidad, este contrato, si quieres, puede ser voluntario, pero... hay veces en que estas marcas se dan contra la voluntad del humano, como en tu caso.

Mi estómago se agitaba violentamente con cada palabra que decía, atándolo con nudos tan fuertes que me agarraba el abdomen para aliviar el dolor.

"Pero hay algo bueno de todo esto".

No podía creer que hubiera escuchado la palabra *"bueno"*.

"¿Desde cuándo el final de mi vida le parecería bueno? ¿Está loco? Tenía mis dudas sobre venir aquí y ahora puedo entender por qué. Está de su lado; quiere que tome mi control, usted...". No podía seguir.

"Candra, por favor, escucha".

"Aléjese de mí... espere, ¿cómo es que sabe que es un vampiro? Ha cambiado su historia desde que empezamos a hablar. Sabe más sobre la muerte de mis padres, ¿verdad?". El nauseabundo escalofrío volvió de nuevo, algo estaba seriamente mal.

"Escúchame, Candra; Kane se beneficia del vínculo, pero tú también". Vio la mirada asqueada en mi cara y se apresuró en su explicación.

"Obtendrás su poder, su fuerza y su inmortalidad", luego me sonrió con ánimo.

"Debería saltar de alegría ahora, ¿verdad?". Me levanté y me dirigí hacia la puerta, mi mano alcanzando el pomo de la puerta.

"Me voy, ustedes dos se merecen el uno al otro, son tan... parecidos". Pero algo me hizo detenerme y mirarlo. Se quedó allí, serio, pero algo en su expresión, engreída, me hizo darme cuenta de que había dado en el blanco.

"Si te quedas y me escuchas, te explicaré todo con toda la calma que pueda. Puedes confiar en mí, Candra. No voy a hacerte ningún daño. Quiero ayudar... si me dejas. Por favor, déjame ayudar".

"Ayudarme. ¡Tiene que estar bromeando! Ayudarme a entrar en la tumba... me voy de aquí. Si se acerca a mí o pisa mi propiedad, le juro que deseará no haberlo hecho".

Con eso, abrí la puerta y corrí. Rápido.

4

UTICA, 1859

Era 1859; la Navidad estaba a la vuelta de la esquina. Kane acababa de visitar a unos amigos. Estaba de regreso a casa cuando el sol comenzó a ocultarse en la ladera y de repente, sin motivo alguno, se puso nervioso. Los pelos de la nuca se le erizaron. No era normal que se pusiera nervioso por nada, normalmente era él a quien todos acudían en busca de ayuda o protección, pero esto era diferente... inquietante. Miraba a su alrededor, con cuidado, cauteloso y cuando nada estaba mal, se reía de sí mismo y continuaba caminando. Se detuvo de nuevo; alguien estaba detrás de él, siguiéndolo. Escuchó claramente el crujido de los pasos en la nieve y sin embargo no veía nada. Con sus oídos esforzándose por escuchar algo, su respiración se hizo más lenta. Sus ojos buscaban a alguien o algo.

"Salga quienquiera que sea, no se esconda. Muéstrese de inmediato". Nada, sólo el sonido del hielo chisporroteando en las ramas cuando el viento las atravesaba. Su corazón latía profundamente en su pecho mientras buscaba lentamente en el suelo. Al volverse para regresar a casa, una figura oscura se paró frente a él. Una criatura amenazante, con ojos de color rojo rubí, tenía la apariencia de un hombre de unos 20 años, pero su cabello gris confundía la edad. Su traje era negro, con camisa blanca y corbata, estaba vestido para una noche de fiesta y llevaba un anillo de sellar en su mano izquierda.

"¿Q...Quién eres? ¿Qué quiere de mí, señor?", Kane sabía que este no era un hombre ordinario; al menos ningún hombre que conociera tenía ojos rojos que parecían brillar en la oscuridad.

"Mi nombre no es importante. Lo que quiero es... a ti". La curva de sus labios, al sonreír, hizo que a Kane se le pusiera la piel de gallina.

"Entonces, ¿qué es lo que desea? Señor, es tarde y el aire de la noche no es propicio para la salud. Así que, si no le importa, me gustaría que apurara un poco esta conversación". Kane quería irse, incluso volver a la ciudad, cualquier cosa para escapar, pero mientras intentaba moverse, su pie se atascó, como si estuviera congelado en el lugar. Lo intentó con más fuerza, pero no sirvió de nada. El pánico se apoderó de él, y aun así, cuando miró a los ojos del desconocido, se sintió tranquilo.

"Me ha estropeado toda la experiencia. Quiero decir, ¿qué sentido tiene cazar si tienes que apresurarte. El deporte es el miedo que escuchas en el corazón de tu presa, late tan rápido, es tan... excitante, no puedes imaginarlo, ¿verdad? No, no lo creo, pero no lo haría porque...". Se rió profundamente, casi como un gruñido, "...porque usted, señor, es la presa. Lástima que haya tenido que explicarle todo; ahora ya conoce su posición. Lo haré y terminaré, lo cual es una pena porque parecía que usted habría dado una buena pelea".

Kane, horrorizado por la conversación, deseaba tener su pistola, pero la había dejado en la casa antes de salir ese mismo día a visitar al pastor y a su hija. El desconocido se agachó como si fuera una pantera lista para atacar a su presa. Sus labios se deslizaron hacia atrás con sus dientes exponiendo sus colmillos. Justo antes de saltar, un silbido se escapó de su boca.

Un grito atravesó la noche.

Un caballo relinchó y una voz vino con él.

"Pero usted, ¿qué está pasando aquí?". La criatura siseó de nuevo con ira y luego desapareció. Kane yacía allí en el camino medio muerto con una herida abierta en el cuello.

"Buen señor, ¿qué te han hecho? Te llevaré a mi casa que está justo al final del camino. Puedo curarte en poco tiempo". El hombre subió a Kane a su caballo delante de él y luego cabalgó hasta una casa grande y elegante a la vuelta del camino. Altos pinos amurallaban la parte delantera de la casa para aislarla de la vista. Lo llevó sin problemas y lo colocó en la habitación de huéspedes.

"Juré que no volvería a hacerlo, pero no puedo dejar que un hombre muera a manos de ese monstruo". Arrodillado cerca de la cama, dijo unas palabras en una lengua extraña, se detuvo un momento, y comenzó a curar la herida poniendo sus manos sobre ella. La piel alrededor de cada abertura comenzó a sanar y luego desapareció completamente como si nunca hubiera estado allí, para empezar. El hombre suspiró con fuerza y se puso de pie.

"Bueno, joven, hice lo mejor que pude. No morirás, pero me temo que tu vida ha sido alterada". Se acercó a la ventana y miró hacia afuera. La nieve había empezado a caer de nuevo.

EN LA ACTUALIDAD

"No he olvidado lo que prometí hace mucho tiempo. Estarás muerto, aunque signifique mi propia muerte... Charles Rosewood".

Al huir de la casa del Sr. Bennet, oí la voz de Kane, clara

como el día, en mi cabeza, mientras pasaba por delante de la alta figura que atormentaba mi pesadilla despierta que ahora era mi vida. Recé para no tener un episodio psicótico. Tal vez toda esta locura estaba en mi imaginación, causada por la muerte repentina de mis padres. Tal vez en lugar de enfrentarme a la verdad de que mi vida se había convertido en un desastre, construía un mundo de fantasía en lugar de enfrentarlo.

5

Una vez que llegué a la seguridad de la casa, me apoyé en la puerta de entrada jadeando, la idea de las marcas había tomado un significado completamente nuevo. Esto no era algo sacado de una película de terror o de un libro de ficción; esto era real. Había estado dentro de mis pensamientos todo el tiempo; es un vampiro y asesinó a mis dos padres. El problema ahora es, ¿qué puedo hacer sola?, y si ¿debo confiar en el Sr. Bennet?

Tal vez podría conseguir una orden de restricción contra él, pero siendo un vampiro, ningún papeleo legal lo alejaría de mí.

Colgué mi abrigo, entonces las palabras dentro de mi cabeza volvieron, tan claras como el día.

"Charles Rosewood...". El nombre me sonaba familiar, pero no podía ponerle una cara, y ¿por qué Kane amenazaba a uno de mis parientes? ¿Esto me dio más pistas sobre quién pudo haber matado a mis padres?

Me preguntaba quién era Charles Rosewood, obviamente tenía una relación de algún tipo, pero nunca lo conocí, ni escuché a mis padres hablar de él.

Entré en el estudio de mi padre; el álbum familiar estaba

allí en el estante, así que lo tomé. El polvo dominaba la cubierta de cuero marrón y ocultaba el nombre de la familia. Cariñosamente, lo limpié y comencé a hojear las fotos. Los recuerdos volvieron a inundarse cuando me miré a partir de los dos años, pero había largos intervalos cuando había estado fuera de casa en la escuela. Todo el placer me abandonó y la tristeza parecía apoderarse de mí. No sabía qué hacer a continuación. No sabía cómo o qué hacer para enfrentar la pérdida de mis padres. Ahora el horror de que una vez para mí, que solo había leído en historias ficticias, ahora parecía real. Mi mundo había cambiado, casi de un aliento a otro. No podía creerlo.

Suspiré, puse el álbum en el escritorio y junté mis manos, mirándolas fijamente. Los pensamientos destellaban como fotos instantáneas en mi cabeza. Algo hizo clic en mi mente. Una aterradora comprensión me invadió. Mis padres le dieron su amistad y lo invitaron… a entrar. Mi boca se abrió.

"Oh Dios mío, lo invitaron a entrar en la casa. ¿Cómo pudieron ser tan estúpidos?". Susurré. Busqué en los recuerdos de mi infancia. Ni una sola vez nuestro vecino, el Sr. Bennet, había sido invitado a nuestra casa.

Repasé lo que creía saber con certeza: los vampiros no pueden entrar en una casa; hay que invitarlos a entrar. Recordé que mamá y papá habían plantado ajo, pero no recuerdo que mi madre lo usara para cocinar, aunque sí usó las flores dentro de la casa, probablemente porque en algún lugar habían leído que a los vampiros no les gustaba, tal vez. Por alguna razón, y… no sé qué pensaban en ese momento, mis padres parecían haberse interesado en la mitología vampírica. Solo sé que lo he visto en las películas y he leído sobre ellos en novelas, pero si alguien me hubiera preguntado si mis padres veían o leían sobre los vampiros, habría respondido que no, nunca. Creía que conocía a mis padres a la perfección, pero ahora tenía la sensación de que tenían una vida totalmente fuera de mi comprensión. Fue casi como descubrir que tus padres todavía tenían sexo, o peor aún, atraparlos en eso.

"Maldición, ¿por qué no los conocía mejor? ¿Por qué no me habían hablado sobre esto?".

Confundida, vagué inquieta por la casa. Visité brevemente mi dormitorio y lo encontré lleno de recuerdos, pero aún no estaba preparada para quedarme, así que volví al estudio y recogí el álbum familiar una vez más. Caí en la silla de cuero de mi padre y apoyé mi cabeza en el respaldo.

El álbum se abrió, mientras lo colocaba en mi regazo, observé la foto de un caballero. Sus austeros rasgos me indicaban que era muy joven, pero estaba enmarcado por largas patillas moteadas de color gris. Tenía un aire de autoridad, la apariencia de alguien que al ordenar recibía obediencia instantánea.

Estudié la foto durante mucho tiempo; tuvo un gran efecto sobre mí. Incliné mi cabeza de izquierda a derecha, los ojos se enfocaron en la imagen. Luego la saqué para ver si había algo escrito en la parte de atrás. El nombre, Charles Winslow Rosewood, estaba escrito con las letras más claras que jamás había visto.

Mis músculos se tensaron y mi corazón empezó a acelerarse. Entonces una voz dentro de mí dijo:

"Candra, entrégate a nosotros, no a él, la sangre es más espesa que el agua". Rápidamente empujé el álbum lejos de mí, cayendo en el suelo.

La voz en mi cabeza sonaba sin emoción; me enfriaba. Las palabras se repetían en mi mente, intensificando mi temor de que la voz de Charles Winslow Rosewood fuera ahora parte de mí también. Miré el álbum como si estuviera poseído. Me pregunté por qué nunca había visto la foto de Charles Rosewood antes y por qué mis padres nunca hablaron de sus propios padres o abuelos. Entonces otra conexión me golpeó, la de la importancia de la posición de mi padre, ¿por qué nunca salía de casa como el padre de todos los demás? ¿Por qué mis padres nunca me animaron a hacer amigos en la iglesia o en la escuela? Mis padres y yo habíamos sido tan cercanos que nunca había necesitado a nadie ni nada del mundo exterior.

"Creo que ya he tenido suficiente de esto por un día".

Entonces pensé, ya he llegado hasta aquí, necesito saber más. Necesitaba reunir mi coraje e invitar al Sr. Bennet. Lamentaba esta decisión, pero entendía que necesitaba ayuda. Fui al armario a recuperar mi abrigo cuando sonó el timbre. Me asomé a través de la cortina. El Sr. Bennet estaba de pie al otro lado de la puerta. ¿Leyó mis pensamientos? ¿Mi cabeza se llenaría tanto que eventualmente me empujaría hacia afuera?

"Bueno, ¿no es una coincidencia? Estaba a punto de ir a verlo…". Las palabras no eran claras, pero me daban una razón para hacer una pausa, y luego le pedí que entrara. Decidí que mi necesidad de más información era mayor que mi necesidad de mantenerlo fuera.

"Gracias, Candra; me alegro de que hayas pensado en forma diferente sobre mí. Entonces, ¿para qué ibas a visitarme? ¿Tienes más preguntas?".

"Nada le asusta, ¿verdad, Sr. Bennet?".

No dijo nada, aún no, pero sabía que lo haría. La forma en que me miró, fue como si leyera mi mente.

"Como dije antes, no quiero nada más que ayudarte, Candra; eres como de la familia para mí. Yo solo quería ayudar, pero tus padres se mostraron cautelosos. Déjame ayudarte, por favor".

Sopesé cada palabra con cuidado y no quería parecer ansiosa por su ayuda, pero quería saber más sobre las marcas. Miré al hombre que había sido nuestro vecino la mayor parte de mi vida y me di cuenta de algo que nunca antes se me había ocurrido. Nunca cambiaba, nunca envejecía, era el mismo hombre de mis vagos recuerdos de infancia. Todavía parecía tener unos 40 años, cabello negro con hilos plateados en las sienes. Su cara no estaba todavía forrada por el tiempo e incluso su ropa parecía inalterable.

"Candra, puedo entender tu vacilación, y estoy seguro que todavía tienes algunas preguntas sin respuesta. ¿Estoy en lo cierto?".

Me di cuenta de que tenía que seguir mi enfrentamiento, como si todavía me molestara, pero estaba dispuesta a escuchar. No confiaba plenamente en él, pero tenía que parecer obediente como si quisiera su ayuda. Así que me senté frente a él. ¿Y si él mató a mis padres y no Kane? Esto provocó una nueva oleada de pánico porque ya le había dado la bienvenida. Buena idea, Candra.

"Esto puede parecer un poco tardío, pero ¿cómo supo que había vuelto? ¿Y sabe algo acerca del correo de mis padres?".

"Candra, vamos, qué clase de vecino sería si dejara el correo de tus padres apilado afuera, y en cuanto a saber que habías llegado, salí a uno de mis paseos nocturnos y te vi llegar".

"Oh, bueno, cierto..., gracias". Mis mejillas se calentaron cuando un pequeño rubor comenzó a crecer. Me preguntaba si sabía que ya había visto al abogado de mis padres.

"Quieres más información sobre las marcas, ¿cierto?". Se acomodó en el sofá mientras las puntas de sus dedos se tocaban, haciendo una pirámide. Su mirada me inquietó y estaba segura de que este tipo de interrogatorio era un juego de ingenio. Un sentimiento interior, mi conexión, me instó a ser cuidadosa y así lo fui.

Lo miré con atención, pensativa, preguntándome qué es lo que intentaba hacer.

"Sí, supongo que sería prudente saber por qué estoy aquí, por si acaso". ¿Por si acaso qué? Necesitaba pensar antes de hablar.

Su interés despertó y el brillo de sus ojos aumentó.

"La primera marca, que ya has recibido, es donde comparte su fuerza vital contigo, una especie de conexión, se puede decir. La primera marca se da en persona, pero no siempre tienen que estar presentes. La segunda marca, el humano verá dos puntos de llamas, la sombra de los ojos del vampiro. Estos puntos de llamas vendrán hacia ti hasta que lleguen a tus ojos y entonces verás el mundo a través de esos ojos por un momento y los que te vean verán tus ojos brillando. De nuevo, esto se hace normalmente en persona, pero no siempre es así".

Su voz era tranquila, aunque parecía que disfrutaba mucho de mis modales. De vez en cuando creía ver una pequeña sonrisa alrededor de su boca, pero cada palabra que decía me parecía una sentencia de muerte, sin embargo, algo en lo más profundo, placentero al mismo tiempo, se hacía notar.

"La tercera marca es la más seria ya que implica tomar tu sangre...". Se detuvo, esperando que me pusiera histérica, pero me senté en silencio y esperé a que continuara.

"La tercera y la cuarta marca son casi simbólicas, como un matrimonio. El vampiro debe tomar sangre de ti para que tus recuerdos, emociones y pensamientos se conviertan en uno. Otras cosas son compartidas también, en un nivel más personal. Estas marcas son como una experiencia sensual para el vampiro y muy gratificante. El vampiro incluso puede saborear la comida que comes. Obviamente, esto se hace físicamente, así que tendrías que estar presente. La cuarta marca, la última marca, beberás la sangre del vampiro mientras él recita algo para este efecto, *"Sangre de mi sangre, carne de mi carne, dos mentes en un cuerpo, dos almas diferentes, ahora unidas como una sola"*. Hay otras versiones, cada vampiro tiene su propia manera de decirlo, pero te haces una idea, lo que dices no es tan importante como el compromiso que el vampiro tiene contigo. Ustedes dos se convierten en uno, como un matrimonio".

Necesitaba tomarme un momento; era demasiada información para que yo la procesara. Le pregunté al Sr. Bennet si quería un poco de té, asintió con la cabeza. Me sentí aliviada al salir de la habitación. No tenía ni idea de lo que me esperaba y ahora que lo sabía, no me gustaba. Cuando regresé, él seguía sentado en la misma silla, mirando a lo lejos. Le di su taza y me senté con la mía, sorbiendo con mucha ansiedad.

Estaba mortificada. "¿Esto existe, este... ritual?". Intenté mantener la calma por dentro y por fuera, pero mi voz salió en un claro grito. Aclarando mi garganta, tomé un largo sorbo de té. En realidad, fue más que un gran sorbo.

"Así que cuando me dijo que algo 'bueno' sale de esto, ¿puede refrescar mi memoria?, porque no estoy viendo nada que se parezca algo bueno".

"Candra, una vez que tienes la cuarta marca, no envejeces. Sigues siendo humano; todavía puedes recibir los sacramentos benditos e ir a edificios sagrados como iglesias y cementerios y, lo más importante de todo, no necesitarás beber sangre para sobrevivir". El Sr. Bennet tomó su taza de té, pero olfateó el aire y dejó la taza. Casi le pregunté si había algo malo con el té, pero me preocupaba lo que acababa de decir.

"Nunca envejecer... nunca morir y ver a mis padres... nunca, ¿llama a eso bueno? Es como Kane en todos los sentidos de la palabra, frío y sin corazón". Me levanté y me acerqué a la ventana. Estaba luchando contra las lágrimas que estaban a punto de salir.

"Lo siento Candra, no quise decir eso, estaba tratando de... Creo que ya he dicho suficiente por un día, me voy. Si tienes alguna otra pregunta, ya sabes dónde encontrarme. Buen día".

El chasquido de la puerta delantera siendo cerrada fue el último sonido que escuché.

Mi mente estaba lánguida, sin esperanza. Me puse la mano sobre la cara y me resigné a que todo estuviera perdido. Decidí que un viaje, un viaje corto, me haría bien. Solo para alejarme de la casa, del Sr. Bennet y de Kane. Esto me ayudaría a pensar mejor, sin mencionar que el aire fresco también podría ayudar.

Vestida con un cálido abrigo, me dirigí al coche y volví a la ciudad. Busqué a Kane, pero no vi nada, estaba aliviada y a la vez decepcionada, lo que me preocupaba. Él era la razón de mi obsesión con todo el asunto de los vampiros. También es alguien que debería ser, en mi mente, vilipendiado como sucio. Algo en él significaba que no podía odiarlo, y me sentía culpable. Mantuve mis ojos enfocados en el camino, traté de bloquear lo que fuera que me molestaba, pero resultaba imposible.

"Detente", grité en voz alta. "Ya es suficiente, Dios, ¿qué estoy haciendo? Este imbécil es el más bajo de los bajos, y estoy dejando que se meta dentro de mí, se arrastre y se sienta como en casa".

Entré al estacionamiento, salí de mi auto y cerré la puerta de un portazo. Él estaba cerca, eso despertó algo incivilizado dentro de mí. Miré alrededor brevemente pero no vi a nadie. Aun así, él estaba allí. Voces susurraban en mi cabeza, pero no podía distinguir las palabras. Empecé a preguntarme si podría estar provocándome. Entonces, una cínica voz interior cortó mis pensamientos. Mi corazón empezó a latir con fuerza. ¿Estaba asustada? Lo pensé y descubrí que no lo estaba, solo que me intrigaba. La emoción corría por mis venas, como una energía. Se incrementaba a medida que la necesidad de más me llenaba. Sentí su placer.

"Me sientes, ¿verdad? Eso es bueno, Candra. Acéptame". Sus palabras, suaves como la miel, se aferraban a mí. En un estupor onírico, me quedé congelada y temí que si me movía el sentimiento desvanecería. No se parecía a nada que hubiera sentido antes, intenso y excitantemente seductor. Al no haber tenido nunca una cita, ahora sabía cómo se sentía la anticipación sexual.

"Vete... nuestro tiempo llegará... e? *ti cea mai frumoas? Femeie*". Se había ido, yo quería derretirme allí mismo. Su voz, como la mantequilla, se extendió sobre mí, hipnotizando mi alma.

Después de unos minutos, me sentí un poco más como yo misma. Aunque estaba más tranquila, todavía tenía una extraña sensación que no podía sacudirme y pensaba que mi ansiedad estaba sacando lo mejor de mí. Recordé la última vez que tuve este problema de ansiedad. La comida parecía que podía curarlo, así que empecé a pensar en qué podría comer. Como no se me ocurría nada y como me di cuenta de que conducir para "escapar" era inútil, decidí volver a casa.

Volví a entrar en el coche y miré alrededor para ver si alguien había notado mi extraño comportamiento. Nadie lo hizo, gracias a Dios, así que me fui, manteniendo mi atención en la carretera. Mi único objetivo en ese momento era llegar a casa, comer y tratar de volver a la normalidad. Además, tenía la intención de ignorar mi extraña obsesión con Kane, iba a seguir con ella, sin buscarlo más, aunque este encuentro que acababa de tener había sido bastante intenso... "¡No Candra, no pienses, conduce!".

"¡Una ducha caliente!". Esas palabras, sin pedirlas, salieron, como pedazos de cielo, cuanto más pensaba en ello, con ese calor bañando cada centímetro de mi cuerpo, más relajada me sentía. Solo esto me dio el incentivo para llegar rápido a casa.

En mis sueños, una figura alta y oscura salía de las sombras, Kane. Se acercaba a la casa, con energía en sus movimientos, mientras se aproximaba a la ventana. Las cortinas se deslizaban y la ventana se abría. Se detenía e inhalaba profundamente, como si mi fragancia lo hubiera intoxicado por completo.

"Sé que estás dormida, que estás tentada, que eres vulnerable, pero no intentaré despertarte ahora. Te quiero en el momento justo cuando estés lista; tu dulzura nos dará tanto placer a los dos". Su mirada cayó en la cremosa extensión de mi cuello, se volvió, relajándose en una sonrisa y luego se desvaneció en la oscuridad.

Me desperté y mi sueño se sentía tan real. Instantáneamente mis ojos fueron atraídos por las cortinas. Se movían suavemente en la brisa de la ventana que estaba abierta.

6

Completamente despierta, me senté a abrazar el afgano de mi madre. Era temprano en la mañana y afuera la lluvia golpeaba suavemente la ventana. No pude volver a dormir por culpa de Kane. Ayer había estado agitada, inquietante, en lo más profundo de mí ser. Podía sentir todo lo que él sentía y eso despertó mis sentidos a un nivel que casi me sentía eufórica. Me levanté del sofá y dejando la comodidad del afgano, caminé hacia la ventana, mirando como el amanecer se alzaba sobre los árboles.

Estaba absorta por la belleza que me rodeaba, cuando sucedió… ojos que parecían llamas brillaban en la distancia. Ahora, en un estado casi de trance, salí de la habitación. La puerta principal se abrió sola y dejé la seguridad de la casa de mis padres. Todavía en camisón; se empapó por la lluvia de la madrugada, aferrándose como una segunda piel exponiendo mi cuerpo. Continué bajando las escaleras y cruzando el patio, con los ojos fijos. Cada vez más cerca; temblaba cuando Kane me hacía señas.

Me detuve y supe que mis ojos ya no brillaban como esmeraldas sino que tomaban el aspecto de los que había visto desde la ventana... fuego. Nuestros ojos se cerraron juntos. Quise gritar, pero una voz interior me dijo que todo era como debía ser. Ya no se veía el mundo como realmente era, ahora tomaba una nueva apariencia, todo a mí alrededor brillaba, la visión ardía violentamente, luego lentamente se apagaba.

Kane apareció, fuera de la niebla, impresionantemente atractivo como siempre. Sus ojos... eran como de cristal, claros y seductores. Su piel blanca como la nieve y suave. Quería sentir sus manos frescas sobre mi cuerpo. No nos hablamos. No había necesidad. Instintivamente, me quedé paralizada, inmóvil e inamovible mientras él se acercaba. Su helado aliento tocó mi mejilla. Se inclinó cerca de mí e inhaló profundamente. Cerré los ojos. Un bajo murmullo vino de lo más profundo de su interior. Su lujuria me bañó mientras sus fríos labios tocaban mi mejilla. Todo el escalofrío se deslizaba por mi cuerpo. Lentamente, ligeramente, lamió un rastro de mi cuello. Mi corazón latía fuertemente. No podía respirar. El impulso de besarlo era muy fuerte, pero me contuve. Este era su momento. Se detuvo en mi pulsante yugular, sin moverse, sin tocar, aparte de la punta de su lengua en mi carne. Profundizando su exploración, sus labios acariciaron mi cuello. La presión aumentó y pude sentir que se volvía más intenso. Esperé, deseando desesperadamente sentir sus labios presionando aún más mi cuello. Sintió mi necesidad y sonrió contra mi piel mientras continuaba alterándome implacablemente. Llevó los labios al oído y me susurró:

"Serás mía...". Luego desapareció. Caí al suelo en un estupor. Como una doncella en una novela gótica del siglo XIX, me desmayé.

Lo siguiente que recordé es que estaba de pie, me balanceaba en la puerta del Sr. Bennet, gritando. Podía verme reflejada en un espejo de cuerpo entero. Detrás de mí, la lluvia caía a borbotones. Quedé empapada y blanca como un fantasma. Mr. Bennet apareció ante mí, sorprendido por lo que veía. Ahora que me había calmado, no podía moverme ni hablar. Permanecí visiblemente agitada.

"Oh Dios mío, ¿qué te ha pasado?". El Sr. Bennet se quitó rápidamente la bata, me cubrió, arrastró mi insensible cuerpo a su salón, junto al fuego, mientras intentaba sacarme del shock.

"Candra, si puedes oírme, aprieta mi mano".

Estaba medio adentro y afuera. Sonaba tan lejos, pero hice lo que dijo, pero solo... Entonces, como si el viento me hubiera sacado, recuperé el aliento y me puse a llorar intensamente. Me volví para mirar al Sr. Bennet, el pánico se apoderó rápidamente de mí. Me puse histérica.

"Oh Dios mío... mi segunda marca... Kane".

"Candra, debes calmarte, ¿de acuerdo, querida? ¿Cómo te sientes?". Rápidamente avivó las llamas para que el fuego ardiera más.

Las cuatro marcas corrían por mi mente, como un narrador que cuenta una historia, me di cuenta de que el Sr. Bennet me hablaba y que de repente su comportamiento tranquilo se transformaba como si alguien hubiera pulsado un interruptor.

"Maldita sea, se está impacientando, debe ir más despacio, pero contigo tan cerca es un problema".

Viendo la mirada de preocupación en mi cara, volvió a tranquilizarse. Casi como si fuera bipolar o algo así, muy raro.

"La buena noticia es que se estás comportándote de manera casi antinatural. Normalmente, en mi experiencia, el sirviente humano casi cae en la demencia, o se comporta de forma errática, pero tú, Candra, pareces casi serena en tu estado actual".

Se arrodilló a mi lado y suavizó mi frente con su mano.

"Lo siento mucho, Candra; no lo sé. Realmente creo que el hecho de que Kane te marque es su forma de protegerte, creo que por eso tus padres estaban en su lista. Te he fallado miserablemente". Parecía realmente molesto. *"Parecía"* es la palabra clave. No iba a bajar la guardia y si Kane me estaba protegiendo, me gustaría saber de quién si no era de él. Jugar en el campo, como siempre.

Me sentí agotada, medio dormida mientras el Sr. Bennet hablaba; su voz parecía estar casi a la distancia. Cerré los ojos y vi a Kane sonreír y la memoria, no la mía, se filtró lentamente en el juego…

UTICA 1859

Kane jadeó y se sentó abruptamente. Su corazón latía con locura. Se sentía tan fuera de control que entró en pánico.

"Ayúdame, yo… yo… no puedo respirar". Sus manos se posaron en su garganta, estaba blanco como un fantasma.

"Cálmate, inspira y espira lentamente, verás que será más fácil si lo haces. Ya ves, estás bien. Toma un poco de té caliente para calmar tus nervios". Eldon le dio una taza.

"¿Qué ha pasado? Yo… yo lo recuerdo. Estaba en la calle, yendo a casa, pero esta no es mi casa, esta… ¿quién eres?". Tomó un sorbo de té y lo escupió.

"Oh mi Señor, esto es horrible, tiene un sabor agrio".

"Ah, perdóname; debería haberme dado cuenta de que esto pasaría. Ha pasado un tiempo y he olvidado lo que es ser… cambiado".

El joven, aturdido y confundido por las palabras del hombre, preguntó:

"¿Me has dado a propósito un té en mal estado? ¿Eres un hombre tonto? A mí… ¿por qué?".

"El té no está mal; es sólo que tu sentido… tus gustos han cambiado. Eso es lo que he insinuado, nada más y nada menos. Te quitaré eso".

"¿Quién es usted? ¿Por qué estoy aquí?". Kane trató de levantarse pero tambaleó.

"No intentes levantarte todavía; has pasado por mucho. Me

llamo Eldon, Eldon Bennet y estás aquí porque has sido atacado".

"¿Qué quisiste decir cuando me dices, que *"has olvidado que te cambiaron"*? No he cambiado, sigo siendo el mismo, un poco peor por mis ropas, pero sin embargo, soy yo, yo mismo, Kane Smith".

Eldon respiró hondo y eligió sus palabras con cuidado.

"Así que tu nombre es Kane Smith, un buen nombre, pero debo decírtelo, y no me interrumpas. Debes escuchar... cuidadosamente y prestar atención a cualquier advertencia que te haga. Fuiste atacado por el Sr. Charles Winslow Rosewood... un vampiro". Levantó la mano rápidamente cuando vio que Kane quería hablar.

"Sí, existen y tú casi mueres, pero yo te salvé. Tus heridas ya no son visibles, pero no es el exterior de ti lo que ha cambiado, lo que ha cambiado es el interior. Verás Kane, el té no se echó a perder. Ahora lo detestas, como lo harás con cualquier cosa que bebas o, para el caso... comas. Lo único que te sabrá bien es la sangre. Ahora, tienes una opción, puedes beber sangre animal como yo, lo cual no es tan malo, pero la dieta preferida por nuestra especie es la sangre humana. Te da más vida, más energía y más emoción de la que puedas imaginar. También eres más fuerte que cualquier humano, y debo decir, más rápido que uno. Sanarás rápidamente si estás herido, tu oído y vista se han agudizado también".

Kane pensó que era una pesadilla. Su cabeza se tambaleaba. Los pensamientos, las imágenes entraban y salían tan rápido que sentía que se iba a volver loco. Se agarró la cabeza y se jaló el cabello, gritando tan fuerte como pudo. Parecía un loco poseído en ese momento.

"Eres un mentiroso; me has traído aquí para volverme loco. El... ese té me envenenó o me hizo alguna cosa terrible. Estás intentando que me vuelva loco. Eres malvado, eso es lo que eres, verdaderamente malvado. Se lo diré a las autoridades y haré que te encierren". Kane se rió maníacamente, su aferro a la realidad se había ido.

El reloj del pasillo sonó y Kane se tapó los oídos con las manos. Todo era ruidoso; escuchó los sonidos de la noche como si ocurrieran en la misma habitación con él. El grito de un animal hizo que Kane saltara.

"Me estoy volviendo loco. Todo es tan ruidoso, escucho... todo. No puedo soportarlo más. No puedo, me volveré loco, te lo digo, loco. ¿No puedes hacer que se detenga?".

A Eldon le dolió ver a Kane en tal angustia, estaba enfadado, muy molesto con Charles por lo que había hecho.

"Lo siento Kane; no puedo cambiar lo que te han hecho. Permanecerás para siempre como eres ahora... como él y, me avergüenza decir, como yo".

"¿Eres un vampiro? No. Él y tú me hicieron esto y lo pagarás caro", Kane se levantó agarrándose los oídos y retrocedió hasta la puerta. Azotaba todo, y encajaba sus uñas en la madera, haciedo una gran marca y lloró. Girándose, miró a Eldon. Sus ojos salvajes, su respiración irregular, Eldon temía por él. Kane agarró la puerta, la lanzó con todas sus fuerzas y salió corriendo a través de la noche, gritando. Desapareció, para no volver a ser visto ni oído... o eso es lo que Eldon había pensado.

7

Había pasado un día entero antes de que me despertara. El Sr. Bennet había estado a mi lado todo el tiempo, vigilándome frente al fuego, mientras dormía en su acogedor salón.

Mis ojos se abrieron de golpe, no hice ningún movimiento; pensé que si lo hacía, podría encontrarme en el suelo. Mis manos se abrieron paso hasta mi cuello, buscando cualquier herida, pero no sentí nada.

"No te ha mordido, Candra, pero has sido marcada una vez más".

No dije nada; la verdad es que no podía, porque ahora estaba segura de que había cosas que el Sr. Bennet me ocultaba. Mi vínculo con Kane me dio acceso a sus recuerdos, Sr. Bennet, y a mi antepasado Charles Rosewood que dominaba estas visiones.

"¿Está seguro de que no quiere hacerme daño? Bueno, tengo una idea, pero podría pensar que soy tonta".

"Dime. Te prometo que no me burlaré de nada de lo que tengas que decir".

"Me está cazando por venganza, pero si fuera cierto, ¿por qué no estoy muerta todavía?". La idea de la muerte me hizo temblar. Pensé en mis padres, su muerte parecía más real de alguna manera, más plausible.

"Porque no quiere matarte, te está marcando, ¿recuerdas? Una vez que te vio, esa primera noche, tu energía, tu belleza... tenía que tenerte. No puedes ignorarlo o luchar contra esto. Incluso si no estás dispuesta, te tomará por la fuerza, que, de hecho, es lo que está haciendo ahora mismo".

"Entonces, ¿no hay nada que pueda hacer? ¿Mis padres, si todavía estuvieran por aquí, entenderían lo que Kane está haciendo?".

"Luchar contra Kane solo le dará placer. Es un deporte para él o una cacería. Cuanto más peleen los animales, más excitante es el juego. Después de la cuarta marca, te conviertes en uno de nosotros, por así decirlo. Sé que Kane ni yo matamos a tus padres, y sí, creo que ellos entenderían por qué las marcas son necesarias. Verás, si la muerte te llega, él morirá. El único error de cálculo que tus padres podrían haber hecho es elegir a Kane como tu protector".

"¿Y si alguien lo mata?".

"Si tienes la cuarta marca y lo matan, me temo que el resultado no será bueno para ti". Se sentó a mi lado en el sofá donde me acosté.

"Bueno, pensé que había ganado todos sus rasgos, poderes, ya sabes, somos uno, compartimos por igual, ¿verdad?".

"No, si muriera, el resultado para ti sería la demencia".

"Un momento, a ver si entiendo esto bien. Mis padres, según su abogado, pagaron y organizaron mi supuesto viaje familiar a Europa para sacarme del país. Durante ese tiempo alguien, ni Kane o usted, los mató. ¿Por qué?".

"No te puedo decir. Yo he sido un vampiro durante muchos años, pero los vampiros evolucionamos, cambiamos. Hay algunos vampiros que, bueno; no entraré en grandes detalles, ya que no es bonito, ni hace que sea una conversación entretenida. Digamos que hay algunos que son muy horribles y francamente muy mortales. Me dan miedo. De todos modos, eso no importa. Tus padres tenían un plan y creo que Kane lo está siguiendo al pie de la letra.

Al sentarme, me sentí diferente. Escuchaba cosas. Cosas que estaban a la distancia, como si mi oído se hubiera agudizado. En cuanto a mi energía, también aumentó. Era inquietante. Casi como si la electricidad corriera por mis venas.

Probando las aguas, me puse de pie, pero con la gracia de un potro recién nacido. Mis piernas estaban algo inestables. Mis brazos se extendieron a los lados, mientras caminaba hacia la ventana y miraba hacia afuera. Él estaba allí, lo sentía, y la oleada dentro de mí aumentó mientras los pensamientos sobre él inundaban mi mente. Mis párpados se sentían pesados, me olvidé de todo, menos de él. Las manos suaves como la seda y frescas al tacto electrificaban los impulsos que me hacían sonrojar, sin embargo, los acogían. Poco a poco dejé que mis manos siguieran donde él había tocado y que estimularan mis nuevos y agudos sentidos con frenesí.

"Candra, ¿te sientes bien?", dijo el Sr. Bennet. Me miró, sabiendo muy bien lo que me estaba pasando.

Mis ojos se abrieron de golpe; me congelé. Mi cara se enrojeció cuando me di cuenta de dónde estaban mis manos. Rápidamente las dejé caer a mi lado.

"Hace un poco de frío aquí, ¿puede traerme un suéter por favor?". Avergonzada, no podía mirarlo.

Volvió a la habitación momentos después con un suéter y me lo entregó. Me sorprendió que fuera uno de los míos. Observó mi reacción y dijo:

"Fui a tu casa y recogí algunas cosas para ti, ¿hice lo correcto?".

"Sí. Creo que me daré un baño para calentarme si no le importa, luego hablaremos un poco más. Tengo algunas preguntas para las que necesito respuestas". Mirando hacia atrás, el Sr. Bennet parecía tan tranquilo como siempre.

El largo camino en la escalera fue solitario, pero me alegré por ello. Los pensamientos de Kane me hacían compañía y tenía la sensación de que, independientemente de lo que la vida me deparara, nunca más me sentiría sola. El baño era enorme. Las baldosas de mármol blanco brillaban en el suelo. Un lavabo, de color blanco hueso con sus grifos de bronce y el espejo ornamentado en la pared, le daba a la habitación un aspecto vintage. La bañera era fantástica; era enorme con patas con garras de bronce. Sonreí y abrí el grifo del agua caliente y me desnudé lentamente. Al entrar en el agua caliente, me incliné hacia atrás y dejé que fluyera sobre mi cuerpo, envolviéndome lentamente. No pasó mucho tiempo antes de que lo sintiera de nuevo. Físicamente, no estaba allí, pero su energía, su mente, se deslizó tan silenciosamente, que no tuve tiempo de reaccionar.

Una sensación cálida, como una brisa de verano, fluía por mis venas, encendiendo impulsos que nunca antes había sentido. Intenté combatir la sensación, pero viajaba, como una pluma, por mis piernas, y luego se detuvo. Intenté contener la excitación, pero en su lugar cedí al placer.

"Mírame, Candra".

Abrí los ojos y lo encontré de pie junto a la bañera, mirándome fijamente, con ojos que me emborrachaban. Me mantuve quieta mientras se inclinaba.

"Tú olor me hace agua la boca, mi amor". Habló bajo y silenciosamente, absorbiendo todo lo que pudo de mí en un solo suspiro.

El impulso de tocarlo me tentó. Una parte de mí se asustó, pero al mismo tiempo despertó el fuego en mí. Me apasionaba. En ese momento, mirándole profundamente a los ojos, haría cualquier cosa por él para apagar esas llamas con su toque frío. Levanté mi mano del agua hacia su pecho. Parecía estar avergonzado y gruñó. Me detuvo por un momento, pero luego procedí con cautela. Kane era increíblemente sólido y frío al tacto. Mis dedos recorrieron ligeramente su piel, dejando temblores donde tocaba. Bajo y seductor, sus gruñidos casi sonaban placenteros. Continué explorando su cuerpo hasta que me agarró la muñeca en un instante. Esto me tomó desprevenida y me pregunté si había ido demasiado lejos.

Me miró fijamente mientras llevaba mi muñeca a su boca y comenzó a lamerla intensamente, saboreando lentamente cada parte. Cada vuelta aumentaba su placer a través de nuestra conexión, la mía tanto que una sonrisa se deslizó por su cara mientras continuaba hambriento. Su lengua era fría, suave, y sin embargo tan atractiva que supliqué por más. Le ofrecí mi otra muñeca; me declaraba única e inequívocamente a él. Asediado por su poder sobre mí, cerré los ojos y sentí cada emoción, cada impulso que se acumulaba dentro de nosotros, lista para explotar.

Kane sintió mi voluntad. Sus labios se posaron débilmente sobre mi piel, dejando escalofríos donde tocaban. Se movía lentamente, saboreando cada nuevo toque mientras trabajaba hasta mi cuello. No pude soportarlo más; los gemidos se escaparon mientras seguía torturándome, seduciéndome. Sabía que su plan estaba en marcha. Este era su merecido, su dulce retribución, una deuda pagada en su totalidad.

Instintivamente, nos convertimos en uno a medida que nuestra pasión nos consumía. Entonces, sin dudarlo, puso su boca sobre mi vena y mordió fuerte... yo jadeaba. Mis músculos se tensaron de repente cuando el dolor agudo me empaló. A lo lejos oí golpes, el pomo de la puerta giró y la puerta se abrió. Kane levantó la cabeza y siseó al darse cuenta de la intrusión del

Sr. Bennet. La sangre goteaba de sus colmillos mientras se convertía en algo que nunca soñé ver.

"¡Oh, Dios mío…!" El Sr. Bennet exclamó. Entonces, como si un poderoso viento hubiera entrado en acción, lo llevó de vuelta afuera, y la puerta se cerró.

"Eldon, Al rescate de nuevo, ¿no? Solo he venido por lo que es legítimamente mío, Candra". Luego me miró.

"Tus padres te entregaron a mi cuidado cuando se dieron cuenta de que no podían protegerte. Sabían que Eldon era demasiado débil y conflictivo para mantenerte a salvo", dijo Kane.

Entonces sus ojos se volvieron rojo oscuro. Su cuerpo tembló cuando sus manos, apretadas con rabia, me agarraron del cuello. Este no era el mismo Kane al que había llegado a odiar y que aun así necesitaba; este Kane me asustaba muchísimo. Era un vampiro en la forma más auténtica. Sentí como si me cortaran el aliento y mi mente se agitara en la ansiedad. A medida que la tensión entre nosotros aumentaba con una intensidad aterradora, no estaba segura de sí recordaría que estaba aquí para protegerme y no para matarme, pero entonces su mirada se suavizó y empezó a lamer las heridas de mi cuello. Era tan intoxicante.

Él se detuvo un segundo y sonrió. No era una mirada que ganara ningún concurso de fotografía, pero no iba a decírselo. Sólo miré fijamente esos ojos azules.

"¿Quién hubiera pensado que volvería a esta casa?". Luego siguió, torturándome a medida que avanzaba, mordisqueando mi piel, lo suficiente para sentir un pequeño dolor.

"¿Por qué mis padres te invitaron a entrar, me entregaron a tu cuidado, y quién los mató, Kane?".

"Tus padres me invitaron a entrar porque sabían que no quería hacerte daño, Eldon, no me gusta tanto. En cuanto a quién los mató, bueno, eso sería pura especulación por mi parte ya que te estaba siguiendo por toda Europa cuando murieron. Así que me guardaré mis hipótesis por ahora". Kane se inclinó hacia adelante mirando mi cuello. Ahora era más él mismo, no el vampiro que había encontrado hace unos minutos.

"¿Por qué? Cuando me fui hace dos meses, mis padres me despidieron como si no tuvieran ninguna preocupación en el mundo. Mi celular se perdió y para cuando las autoridades me contactaron, mis padres ya estaban enterrados. La policía cerró el caso y el abogado de la familia había arreglado que todo pasara sin problemas a mis manos".

"Candra, no puedo responder a todas tus preguntas porque no sé las respuestas. Tus padres me enviaron para vigilarte y asegurarme de que no regresaras. Aquí…". En sus manos estaba mi teléfono. "Lo tomé, y luego me aseguré de que no recibieras noticias de casa hasta que el peligro hubiera pasado".

"¿Tuviste mi teléfono todo este tiempo? Tú…, tú… si lo hubiera tenido, podría haber retrocedido en el tiempo. Podría haber…". Me sentí herida más allá de las palabras, más allá de cualquier preocupación.

Viendo el dolor, Kane se arrodilló.

"Lo siento, de verdad. Sólo estaba haciendo lo que me ordenaron. No tenía ni idea de que fueran a ser asesinados, en absoluto. Mi elección no es matarte, sino salvarte; la única persona digna de morir es Charles y con el tiempo me vengaré de él, pero Candra, no soy un demonio como Charles, que me hizo lo que soy, ni soy débil como Eldon. No soy ese joven e inocente hombre que Eldon encontró tirado en el camino. Me he vuelto más poderoso de lo que ellos creen, así que déjame seguir con el plan de tu padre, Candra".

La mirada en su hermoso rostro era casi feroz. Aun así, no hizo que el dolor desapareciera, quise apagarle las luces. No sabía cuánto quería hacerlo, pero algo en mí, mi instinto, me decía que lo dejara en paz, que todo saldría bien al final. Todavía no lo creía.

"¿Dónde está el Sr. Bennet?".

"Yo no me preocuparía por él. Volverá, te lo garantizo, pero me aseguraré de que no te moleste".

"El agua se ha enfriado; vamos a sacarte, ¿sí?". Kane me recogió y me secó con cuidado, casi como si fuera su hija, me llevó a la habitación de invitados. Vi en el espejo que estaba tan blanca como la sábana; me acostó y luego me cubrió con una gruesa y reconfortante colcha. Mi respiración era superficial y forzada, pero ahora estaba tranquila. Noté que el Sr. Bennet tenía en la puerta una mirada de preocupación en su rostro.

"Hay que mantenerla caliente", dijo Kane mientras iniciaba un fuego, luego se dirigió al Sr. Bennet. Cuando llegó a él, Kane se cortó la muñeca, dejó que su sangre cayera al suelo delante de mi puerta.

"Ningún vampiro puede entrar sin invitación en el lugar marcado con la sangre de otro vampiro", dijo mientras cerraba la puerta. Con mi oído sensible, escuché a Kane decir que sabía lo que había que hacer. Entonces caí en un profundo sueño.

8

Estaba soñando nuevamente y en mi sueño, podía ver y sentir a Kane. No tenía ni idea de dónde empezar a buscar a Charles, pero sabía que mi casa sería un lugar tan bueno para empezar como cualquier otro. Intento sentir la presencia de Charles, pero aun así no hay nada. Cuando entró en mi casa, se quedó perfectamente quieto... Charles estaba allí, esta vez podía sentirlo, yo podía sentirlo, e incluso a través de la niebla de mi sueño. La energía que Kane y yo compartíamos era increíblemente fuerte.

"Charles, sé que estás aquí, date a conocer". Sabía que estaba hablando en sueños. De vez en cuando oía una risa espeluznante que resonaba en la distancia.

"Veo que todavía te gustan los juegos. Qué repugnante e infantil eres. Bien, entonces jugaré y te encontraré". Era extraño ver mi casa a través de los ojos de Kane, mientras caminaba lentamente hacia la fuente, risas. Cada vez más fuerte, el sonido se hizo más pronunciado y espantoso.

A través de sus ojos, vi la puerta del sótano. Vi como su mano giraba el pomo de la puerta y tiraba de ella. Cerrada, pero no podía ser, no había cerradura en la puerta. Cuanto más intentaba Kane abrir la puerta, más difícil se hacía; podía sentir su ira, su frustración. Escuché a Charles reír de nuevo y sentí a Kane cuando empezó a sacudir la puerta furiosamente.

"¡Maldita sea, no puedes jugar conmigo, Charles!". Kane gritó. Gritamos al unísono cuando la piel de Kane comenzó a moverse y a ondularse. Un silbido se escapó de nuestra boca mientras su espalda se encorvaba, luego se desató el infierno. La puerta se rompió en pedacitos. Kane bajó volando las escaleras y entró en el oscuro sótano. Evaluando la habitación, se quedó perfectamente quieto, dos ojos brillantes en el rincón más alejado irradiaban un tono rojo sangre que hería mis ojos, y me los froté mientras dormía.

"Veo que finalmente me has encontrado... Kane". No creo que estés aquí haciendo una visita social, así que hazlo rápido, tengo una invitación, que es muy tentadora y no hay que hacerla esperar".

"¿Por qué?".

"¿Por qué? Estás siendo demasiado críptico. No tengo tiempo para jugar contigo".

"Hiciste un juramento a los Rosewood de que no cazarías humanos en esta zona, sin embargo aquí estás. Ahora te escondes en la casa de tu nieta, aterrorizándola después de asesinar a sus padres. ¿De verdad quieres que esto le pase a... tu propia familia?".

"La estás usando Kane, ¡ah!, pero ¿te das cuenta de que nuestra línea de sangre, Rosewood, es larga? Si le das la cuarta marca, ella será más fuerte que tú. Conociendo la herencia de Rosewood, como yo, te matará después de conseguir lo que necesita de ti, y seguirá con el nombre de la familia".

"¿Entiendes lo enfermo que estás? ¿Cómo puedes estar tan seguro de que ella me mataría? Ella es una Rosewood diferente", dijo Kane después de recordar cómo reaccioné a cada una de sus marcas. Los sentimientos ligados a mis marcas estaban tan cargados de erotismo en mi mente que me dolía el cuerpo y me desperté con un suspiro de gloriosa satisfacción. Despierta, todavía podía ver y oír el encuentro de Kane y Charles en el sótano de mi casa.

"Vi mucho antes de que Candra regresara lo que su futuro le deparaba. Traté de razonar con sus padres, pero no tenían visión, querían mantenerla humana. ¿Por qué crees que te eligieron para proteger a Candra? Planté esa sugerencia en ellos. Están siguiendo mi plan para Candra. Es diferente, lo sabía, pero no eres un vampiro ordinario, Kane, tu unión con Candra sólo hará más fuerte a nuestra familia. Los Rosewood son parte de un largo linaje de vampiros Regentes y tú eres la rama del que surgirá la próxima generación", dijo Charles.

Sentí que la casa empezaba a temblar y deseé que Kane saliera de allí. Los sonidos de la madera rompiéndose, el cristal rompiéndose rodearon mi seguro y cálido dormitorio en la casa del Sr. Bennet.

"Sucio vampiro de mierda, me hiciste lo que soy, solo para que pudiera hacer el maldito trabajo sucio por ti. ¿Por qué? Candra ni siquiera había nacido cuando me atacaste y Eldon me salvó. ¿Conoce Eldon tú plan? Lo dudo; nunca ibas a dejar que lo supiera porque si lo supiera, nunca lo llevaría a cabo". Sentí el dolor de Kane como si fuera mío.

"Cree lo que quieras, solo recuerda que tus días están contados, esto lo sé, no vendrá de mí, alguien que es mucho más fuerte de lo que yo lo hará, Kane".

La ira de ambos vampiros creció con tal exceso que la casa explotó. Los escombros fueron todo lo que quedó, junto con los pedazos de madera que ahora llenaban el suelo. En medio de los escombros estaba Kane, a través de sus ojos, vi mi casa... completamente destruida, y con ella, Charles".

"Maldición... Se ha ido una vez más". Pude sentir a Kane salir de los restos y quitarse la suciedad de la ropa. Miró hacia el oeste, en dirección a la casa de Eldon, pude sentir su preocupación por mí. Lo último que recuerdo haber visto fue una columna de humo que venía de la dirección de mi casa y luego nada, me desmayé.

Kane me encontró, pero yo estaba apenas consciente y seguía sin responder. Era como si la tensión de nuestra conexión hubiera cortado todos mis sentidos. Estaba tendida en el suelo sin poder oír, ver o sentir nada en absoluto. Me levantó y me llevó a la silla más cercana, se sentó conmigo en su regazo. Me acunó en sus brazos como a un niño, me meció suavemente mientras yo volvía lentamente.

Acababa de despertar y podía sentir su hambre como si fuera la mía. Miré en sus claros ojos azules y sentí todo lo que él sentía por mí.

"Candra, ¿estás bien? ¿Cómo te sientes?", preguntó Kane. El Sr. Bennet apareció en la puerta con una bandeja de té en sus manos.

"¿Puedo entrar?", Kane asintió con la cabeza y el Sr. Bennet entró en mi habitación pisando con cautela el sello de sangre de la puerta del dormitorio.

"Tengo una buena taza de té para ti y algo un poco más corpuscular para Kane".

"Supongo que estoy bien... aunque tengo hambre. Caray, ¿cómo llegué aquí?", dije mirando a Kane. Lo último que recuerdo es que soñé que me desplomaba en el suelo. Acepté el té del Sr. Bennet, y lo tomé en pequeños sorbos. Kane bebió el suyo a través de la pajilla de un vaso de plástico cerrado. Sabía lo que estaba bebiendo, pero le agradecí al Sr. Bennet su discreción. Mientras Kane bebía, sentí que mi hambre disminuía.

"Levitaste, flotaste por un minuto y luego caíste como un ladrillo en mi regazo", dijo Kane. Debí mirarlo durante un minuto entero antes de adivinar que estaba bromeando. Siempre el bromista, más que una molestia, sin embargo, está esa cosa de la conexión entre nosotros de la que no podía escapar. Ni tampoco quería.

"¿Segura que te sientes bien?", preguntó el Sr. Bennet.

"Me siento como... no me siento como yo. Es difícil de explicar, pero me siento tan... tan conectada con... Supongo que dirías que mis sentidos están desordenados ahora mismo. Podría jurar que estaba en el sótano con Kane y Charles, pero sé que nunca salí de esta habitación. Probablemente no tenga mucho sentido, pero es la única forma de describirlo". Al darme cuenta de dónde estaba, empecé a separarme cuando él me agarró más fuerte. Permanecí calmada, pero Kane sabía muy bien que no me agradaba.

"Candra, ¿recuerdas..., bueno debes recordarlo, lo que pasó cuando Kane y Charles terminaron de hablar?". Pude ver que Mr. Bennet tenía la sensación de que no lo sabía, pero tenía que preguntar.

Volviendo atrás, visualizando como lo hice, no pude recordar nada significativo aparte de lo obvio.

"Sí, recuerdo...". Tratando de disfrazar mi molestia frente al Sr. Bennet continué mientras miraba a Kane.

"Estoy siendo acechado por un vampiro loco y ahora mi casa está en ruinas. No me digas que ha pasado algo más de lo que no soy consciente". Una extraña advertencia sonó en mi cerebro.

Una cierta incertidumbre se deslizó en su expresión.

"No, quiero decir, perdiste tu casa, Candra. ¿Cómo te sientes al respecto?".

"Tienes que estar bromeando, ¿verdad?".

"Oh, eso... nosotros... las cosas pasaron, me desmayé... ¿cómo crees que me siento? Creo que estoy en un estado de shock permanente desde que volví de Europa porque siguen pasando cosas como esta y luego me preguntas cómo me siento? Estoy dolida, Sr. Bennet, dolida. Lo único que me quedaba de mis padres estaba en esa casa y ahora también se ha ido. Mi vida sigue mejorando todo el tiempo. ¡Déjeme ir!". Me sentí muy irritada con ambos y conseguí que Kane me dejara ir.

El Sr. Bennet nos miró a Kane y a mí como si no estuviera seguro de cómo explicaría lo siguiente sin alarmarme más.

"Candra, como dijiste, las cosas sucedieron, pero hay algo más después de que Kane te mordiera. No lo recuerdas, ¿verdad? Esta es tu tercera marca. ¿Qué sientes ahora y puedes sentir cuando Kane está cerca? ¿Puedes hacerte una idea de lo que Kane está pensando?".

Busqué las marcas de la mordedura de Kane y las encontré. Temblando, me asusté. Me aparté del Sr. Bennet, girando torpemente para enfrentar a Kane.

"Lo vi todo a través de sus ojos, sentí todo lo que hizo y pude oír cada sonido".

"No conseguí nada después de darte mi marca. Tengo un vago zumbido en el fondo de mi mente que parece estar centrado sólo en ti, pero aparte de eso... no, nada. ¿Qué pasa, Eldon?", preguntó Kane.

"No lo sé todavía, pero creo que Candra ha forjado un vínculo más fuerte contigo, lo cual es inusual. Creo que debido a su herencia no está experimentando el vínculo desde una perspectiva humana, pero más como lo haría un vampiro y su vínculo con ella es más humano que vampiro".

"Voy a ser como él, Charles, ¿no? Voy a correr por ahí como un animal encontrando gente inocente y matándolos uno por uno; nunca volveré a ser... yo".

"Candra, no tiene por qué ser así, mírame", dijo Kane.

"Soy un vampiro, ¿pero voy por ahí matando gente inocente? No, y tampoco lo harás, no eres un vampiro, cariño. Si todo lo que le importaba a cada vampiro era la sangre, habrías muerto hace mucho tiempo. Recuerda que estás sentada en una habitación con dos vampiros hambrientos".

Un miedo repentino me recorrió la columna vertebral mientras hablaba, pero todo lo que sentí de él y supe que era cierto por parte del Sr. Bennet era la seria preocupación de que necesitaba ser salvada de mi abuelo, Charles.

"No es tan fácil, no soy tan fuerte como ustedes dos. Has

sido un vampiro durante muchos años, así que te has acostumbrado a ello. ¡No quiero esto!".

Miré mi taza de té, con su humo subiendo como un fantasma. Había mentido, no me sentía mejor, en verdad me sentía vacía, ninguna cantidad de té o comida lo arreglaría.

"Estás alucinando de nuevo, ¿qué estás pensando?", preguntó Kane, esto me devolvió la cordura.

"¿Qué quieres que piense? ¿Que todo va a ser melocotones y crema? ¿Crees que Charles y yo nos vamos a llevar bien y a vivir felices para siempre? ¿Es así como debería actuar? Bueno, tengo noticias para ti, es una mierda y estoy cansada. Estoy cansada de todo y ahora mismo, cansada de ustedes dos también". Dejé mi taza de té en mi mesita de noche y volví a la cama.

"Espera un minuto, Candra, antes de que nos eches a Eldon y a mí de tu fiesta privada de compasión, recuerda que yo tampoco elegí esta vida, me la impuso tu familia". Sabía todo eso, sabía que estaba actuando como una mocosa llorona, pero no me atreví a pedir *perdón*. Me sentía totalmente agotada. Mi paciencia ... se había ido.

"Kane, ya no estoy en condiciones de hacer esto. Sólo quiero dormir. Déjalo por ahora".

"Creo que deberías escuchar lo que tengo que decir". Apremiado y sin saber muy bien cómo decírmelo, Kane empezó a hablar. El Sr. Bennet finalmente se sentó en el borde de la cama y en el fondo, pude oír las sirenas de los servicios de emergencia mientras corrían hacia el ardiente caparazón de mi casa.

"Candra, lo siento. Desearía no tener que darte más malas noticias, especialmente con todo lo que has pasado, pero... es mi culpa que ya no tengas hogar". Mis cejas se arrugaron, no estaba segura de sí lo había escuchado correctamente.

"¿Cómo que es culpa tuya que ya no tenga casa? Fue Charles, no tú".

"No, tu bisabuelo, que por cierto es el vampiro más insufriblemente arrogante que he conocido, no hizo eso, yo lo hice. Para abreviar, tengo un fusible corto, una vez encendido puede ser desastroso... maldita sea... es como cuando dejas el gas encendido: llena la habitación, y cualquier pequeña chispa lo enciende".

"¿Así que estás diciendo que mi casa estaba llena de gas y tú lo provocaste?". Empecé a sentirme confusa, mi cabeza latía por el agotamiento, ya no tenía la fuerza, ni la voluntad, para seguir escuchando su explicación.

"No, lo que intento decir es...". Traté de interrumpir en ese momento, pero Kane continuó.

"Me enojé, Candra, realmente me enojé. Mi ira llenó la habitación, tu bisabuelo añadió más combustible, lo que hizo que mi ira se disparara y ¡bum!".

"Sí, bueno, corto y al grano, um, gracias por la explicación, pero no va a traer mi casa de vuelta ahora, ¿verdad? ¿Por qué molestarse en hablar de esto sobre quién lo hizo o no lo hizo? Mételo en la cabeza, Kane, está... hecho... terminado... caput. No tengo casa, no me importa quién lo hizo, y ahora si quieres... déjame en paz". Y con eso, rápidamente me di la vuelta y cerré los ojos.

"Siento mucho que ya no tengas tu casa".

Le hice un gesto con la mano para que dejara de hablar. Mi cuerpo se estaba apagando. No podía soportar escuchar otra cosa mala en mi vida, ya había sido sometida a más de lo que cualquier humano podría soportar.

"Te dejaré dormir entonces. Si necesitas algo, házmelo saber". Oí cerrarse la puerta cuando el Sr. Bennet me dejó sola, pero no del todo, Kane seguía en la habitación.

Estaba bastante oscuro aquí, pero no era atractivo, no era *mi habitación*. Mi habitación, la que ahora no existía, era brillante con colores alegres y mis cortinas permanecían abiertas, pero no ahora, ahora la luz del sol me hacía daño a los ojos. Me dolía saber que nunca más me despertaría en esa habitación.

"Quisiera estar sola por un momento, Kane".

Caminando hacia la cama, me miró y luego se fue. Desapareció sin siquiera decir adiós y no estaba segura de sí me importaba.

En ese momento, una voz se deslizó en mi cabeza. La voz era lujuriosa y suave.

"Duerme un poco, Candra… Quédate y espérame…".

Luego me dormí.

Me desperté para encontrar a Kane invadiendo mi cabeza otra vez, pero esta vez no me importó. Su voz nadó por mis venas, calentándome completamente y despertándome fresca de mi sueño. Perdí toda la pista del día y la noche, pero no me importó. Saltando de la cama corrí a la puerta y no escuché… nada. Fue entonces cuando le rogué que volviera a hablar.

"Kane, ¿eres tú?". Susurré para que el Sr. Bennet no me oyera. Más tarde pensé en intentarlo con mi mente. Con los ojos cerrados, lo imaginé aquí delante de mí. Visualmente, me sorprendió; sus rasgos aguileños parecían tallados en piedra. Era hermoso verlo: como el modelo de una portada de revista sobre fantasías sexuales femenina. Su mirada se vendía, rezumaba sexualidad masculina. Creo que fue su sonrisa la que me enganchó.

"Kane, te necesito", repetí las palabras en mi mente con la esperanza de que me escuchara o mejor aún, que viniera a mí, pero después de diez minutos me di por vencida, mi humor ahora completamente era hosco. Estaba segura de que me estaba ignorando a propósito.

"¿Qué estoy haciendo? ¿Pensé que vendría solo porque lo llamé?". Decepcionada conmigo misma, me acerqué a la cama y me arrastré de vuelta entre las sábanas. Acurrucada como una pelota, me dormí y volví a soñar…

Llegó la noche y tuve una extraña sensación, un presentimiento. El viento soplaba con locura, azotando mi cabello, que en mi sueño era largo, delante de mi cara. Soñé que estaba junto a una ruina. Los tablones de madera estaban a la vista, como los restos óseos de los soldados que una vez guardaron sus muros. Me quedé sola, o eso creía, una figura se levantó del suelo y se puso delante de mí.

"Eres más hermosa de lo que nunca imaginé que serías, tan digna de la posición que te daré una vez que te hayas entregado completamente. El nombre de Rosewood debe continuar y convertirse en el más poderoso de nuestro mundo".

No entendí lo que quería decir con posición, no lo cuestioné. De alguna manera, sentí que estaba allí por una razón y que todo estaría bien, que estaría a salvo aquí con él. Levantó la mano y allí en la distancia vino otra figura, esta vez supe quién... Kane. Estaba de pie a mi lado.

Cuando todo estaba finalmente en calma, Kane tomó mi mano en la suya y el hombre habló. Su voz sonaba lírica e hipnótica al mismo tiempo. Aunque no tenía ni idea de lo que había dicho, en mi corazón, sentí cada palabra, al menos su significado. Cuando terminó, Kane se volvió hacia mí, sonrió y puso su muñeca dentro de su boca. La mordió y la sostuvo para que yo bebiera. La sangre brotaba de sus venas mientras mis manos la sujetaban con gusto y la llevaban a mis labios. El olor... dulce para mis sentidos, tan dulce que se me hizo agua la boca. Felizmente, empecé a beber mientras Kane hablaba:

-"Sangre que es mi sangre, carne que es mi carne, dos mentes, con un cuerpo, dos almas que ahora y siempre están juntas como una sola".

Una sensación de ardor inundó rápidamente mis venas y se extendió por todo mi cuerpo. Mis ojos se abultaron, mientras el miedo me envolvía. No podía respirar. Lo intenté, pero cada vez que intentaba inhalar, el ardor se intensificaba. Mis manos se agarraron a mi pecho mientras me alejaba. En lugar de Kane, Charles se quedó allí ahora. Sus ojos se rieron mientras veía el terror crecer en mi cara. Todo a mí alrededor se desdibujó y mis piernas se volvieron gelatinosas. La tierra firme bajo mis pies se elevó para saludarme mientras la oscuridad me consumía por completo. Cegado ahora a los que me rodeaban, me retorcí como un gusano que salía de la tierra. El dolor insoportable continuó, contrayendo mis músculos hasta que no pude soportar más y grité, pero no llegó ninguna ayuda, ni siquiera Kane. Charles parecía disfrutar todo, sabía cuándo el dolor golpeaba, la intensidad, sin embargo, no hizo nada. De repente las convulsiones y el dolor se calmaron hasta que pararon por completo. Tendida sin vida en el suelo, Kane se arrodilló a mi lado y me acunó en sus brazos. Tuve la extraña sensación de que de alguna manera me había salvado de nuevo.

"Kane, confío en que no dejes que le pase nada a mi hija, porque si lo haces lo pagarás caro". Era la voz de mi padre e incluso mientras dormía, sabía que las lágrimas corrían por mis mejillas.

Me senté, completamente empapada en sudor, consciente de que era yo quien gritaba. Temblando en la oscuridad, me lamí alrededor de los labios buscando restos de sangre. No pude saborear nada. Un ruido vino de la ventana. Sin fuerzas, arrastré las piernas por el borde de la cama y me acerqué a ella. Allí, a lo lejos, el humo se elevaba desde su centro. Su alma, flotando hacia los cielos, para nunca regresar. Mi casa tomó su último aliento. Sabía que los servicios de emergencia no podrían salvarla. Ahora estaba a la deriva en un mundo que no entendía.

9

El fallecimiento de mis padres es algo que nunca superaré y perder lo único que me quedaba en mi vida, mi casa, era insoportable. Todo mi pasado se había ido. Mi castillo, como yo lo llamaba, se había mantenido fuerte en la ladera de la colina, pero había bajado sus defensas, dejando entrar al enemigo. La casa y yo habíamos sido reducidas a meros escombros.

Muchos días transcurrieron después del último encuentro con Kane. Muchas horas habían pasado y con cada minuto de nuestra separación, mi espíritu se hundía. Cada día me llevaba a una depresión profunda. El Sr. Bennet sabía la razón... necesitaba a Kane. Se había ido la noche en que mi casa se convirtió en escombros. Kane la había destruido y me había dicho que lo esperara aquí. Por la noche, el Sr. Bennet, despertaba por mis gritos, no podía hacer nada por mí. Los gritos atravesaban el corazón de su casa, haciendo que todo y todos los que estaban dentro se estremecieran. Después de los gritos vino la avalancha de lágrimas. Noche tras noche, nunca terminaba. Ya no me importaba cómo me veía. Mi apariencia se volvió demacrada y apática. Nunca salía de mi habitación y me sentaba día y noche junto a mi ventana. Esperando, meciéndome de un lado a otro, perdida en el fango de mis propios pensamientos.

Estaba nevando muy fuerte, como siempre, me senté en la ventana en *nuestra silla*, como lo pensaba ahora, con mi manta sobre los hombros. Más temprano el Sr. Bennet me había traído una bandeja de comida, que tampoco había tocado.

"Candra, esto no es saludable. ¿Te has visto últimamente? Te has dado por vencida, pero creo que si comieras algo, te sentirías un poco mejor. Francamente, creo que deberías salir de esta habitación olvidada de Dios e ir abajo. Extraño verte".

Ni siquiera me volví para mirar al Sr. Bennet mientras hablaba.

"Supongo que si eso lo hace feliz". Me levanté, salí de la habitación y bajé por el pasillo. Cuando pasé por el baño, me detuve, lentamente me concentré en la puerta. Con los músculos rígidos, empecé a temblar.

El Sr. Bennet se detuvo cuando me encontró caminando sola. Se dio la vuelta para ver dónde estaba, me encontró, convulsionando en el suelo fuera del baño.

"Candra, ¿estás bien? ¿Qué te pasa?", se apresuró.

"No puedo… no puedo más con esto. No está aquí y aun así lo siento. Es como si viviera dentro de mí, retorciéndome las tripas con tanto dolor que quiero arrojarlas al suelo. Su presencia es tan espesa en esta casa, en esta habitación…". Las lágrimas brotaron y se derramaron por mi cara.

"¡Cada parte de mí está gritando por alivio!", agarré al Sr. Bennet tan fuerte que parecía horrorizado.

Debo haberme visto como una lunática cuando lo miré fijamente a la cara.

"¡Ayúdeme! Haga algo. Necesito sentirme normal de nuevo". Lo solté y comencé a arrancarme la ropa. El Sr. Bennet intentó detenerme, pero lo arañé. Estaba loca, literalmente. Los gruñidos de disgusto llenaron el salón, mientras me quitaba los últimos restos de ropa. Ahora estaba desnuda. Todavía disgustada conmigo misma, comencé a arañarme la piel. Sentí como si algo maligno se arrastrara dentro de mí y la única forma de dejarlo salir era eliminando todo lo que se interponía en el camino.

"¡Suélteme! Déjeme en paz, están sedientos de sangre. Oh Dios, me están atacando, no puedo deshacerme de ellos".

"Detente, Candra, te estás lastimando, detente". Vi que el Sr. Bennet se puso frenético y no sabía qué hacer. Me sostuvo y me abrazó con todas sus fuerzas. Inmediatamente me detuve. Mi cabello estaba en desorden, mis ojos vidriosos por la confusión, estaba inmóvil. Miré a mí alrededor y vi los restos de mi ropa, los arañazos profundos en mi cuerpo. Me levantó y me llevó de vuelta a mi habitación, la misma habitación de la que trató de convencerme de que saliera, me dejó en la cama. Agarré las mantas y me hundí debajo. Cómodamente.

La habitación ahora se sentía cálida y acogedora. Los sonidos de la madera crujiendo en la chimenea me recordaban mi hogar. Aunque la habitación no era mía, hice todo lo posible por salir de ella, pero me resultó difícil. El Sr. Bennet parecía exhausto y sus ojos parecían tener un remordimiento tan profundo, ¿o simplemente me lo imaginé? No estaba segura, porque en ese momento vi algo diferente en ellos.

"¿Candra?". Sabía que intentaría hacerme hablar, sacarme de este estupor, pero me quedé bajo las sábanas y lo miré. No me importaba si estaba viva o muerta; todo lo que sabía es que tenía que estar con Kane. Nada estaba bien a menos que él estuviera conmigo.

Me moví un poco, moviendo la cabeza de un lado a otro, lentamente.

"Candra, soy yo el Sr. Bennet, ¿Candra?".

Giré la cabeza lentamente en su dirección, pero el dolor aún me consumía.

"Candra, ¿te gustaría un poco de té caliente? Está recién hecho", dijo, haciendo todo lo posible por sonar alegre. Sabía que quería que saliera de mi estado mórbido. Salió de la habitación solo para regresar momentos después con mi té.

Negué con la cabeza, pero el Sr. Bennet acercó la taza a mis labios y me ayudó. Cálido y reconfortante, el té parecía estar funcionando. Tomé la taza con mis propias manos y bebí más. El té parecía muy parecido al que bebían mis padres; tenía un sabor aromático y un amargor que ahora encontraba delicioso.

"Creo que vas a estar bien, Candra. Termina tu té, querida; te sentirás mejor".

Lo miré directamente a los ojos, lo que le pareció alarmante porque no era como si solamente lo mirara, lo perforaba directamente, entraba en su mente. Sentí el efecto que tenía en él, era como un veneno. Me apoderé de su mente. Luchó para bloquearme.

"No debes esforzarte Candra; estás demasiado débil para ejercer tus nuevos poderes. Todavía no tienes derecho a hacerlo. El descanso es lo que necesitas". Me pareció extraño, parecía tener poder sobre un vampiro. Quizás el Sr. Bennet estaba débil por beber sangre solo de animales.

"Silencio, descansa. Me sentaré junto al fuego, leeré un poco... ¿de acuerdo?".

Cogió la taza y la colocó sobre la mesa auxiliar. Mis ojos nunca lo dejaron; era como si él fuera la clave para mantenerme cuerda. Comenzó a levantarse cuando agarré su mano.

"No me deje, no...". Mi labio tembló mientras hablaba y las lágrimas brotaron de nuevo.

"Querida, ¿te dejaría? No necesitas preocuparte; estaré aquí todo el tiempo que tú quieras". Él sonrió.

"No sé qué me ha pasado, estoy tan... me siento tan fuera de control. Mi cabeza trabaja más rápido que el resto de mí y todo lo que quiero que haga es detenerse.

"Entiendo, pero tú también debes hacerlo. No puedo hacer nada para salvarte a menos que tú misma trates de hacerlo,

Candra. Ahora que has bebido un poco de té, se calmarán tus nervios".

"¿Qué había en el té?".

"Es para tu ansiedad; aletargará tu cerebro, digamos, para que puedas sobrellevarlo mejor. Puedes confiar en mí, era médico cuando, antes... bueno, ya sabes el resto". Mostrar comportamientos que pensaba que eran normales lo hacía sentir mejor, creo, pero algo muy profundo dentro de mí todavía no creía que debía confiar. Había algo más. Estaba segura de que había cosas sobre mi situación que él sabía y no me estaba contando".

"Tienes tres marcas; te has vinculado a él, pero no del todo. Todo esto es nuevo y aterrador. Ahora solo deberían compartir las emociones y los recuerdos de los demás, pero me parece que el vínculo es más fuerte de lo que debería ser, de una forma, que es aún más extraña. No puedo creer que Kane se mantenga alejado tanto tiempo si siente tu dolor, Candra. Él se preocupa mucho por ti y ha cumplido la promesa que les hizo a tus padres con un gran riesgo para sí mismo".

"Si eso es cierto, entonces ¿por qué no lo he visto? Empezó esta..., esta pesadilla, marcándome. Pensé que se preocupaba por mí, que me amaba, nunca he conocido a nadie como él... Estoy tan confundida". Me sentía tonta por haberme enamorado de él; de un monstruo.

"No puedo vivir sin él y lo necesito".

"No sé cómo decir esto sin hacerte sentir peor. Sin embargo, parece que eso es todo lo que estoy haciendo, ¿no? Candra, por más cariñoso que te haya parecido en ese momento y todas las cosas maravillosas que te ha dicho cuando has estado con él, realmente no te ama. No puede". Traté de hablar, pero el Sr. Bennet levantó la mano:

"Espera, por favor. Los vampiros son criaturas egoístas y egocéntricas; no se preocupan por nadie, por nadie más que ellos mismos. Oh, pueden ser amorosos y buenos amantes, pero cuando se trata del corazón, son astutos demonios. Todos tenemos frío por dentro y por fuera. Nunca olvides eso Candra".

Mi corazón cayó como una piedra.

"Oh Dios... He sido tan idiota, pero no entiendo nada de esto".

"Él se preocupa por ti, Candra. Te dijo que volvería y lo hará, pero mientras Charles esté ahí fuera, Kane lo buscará y tratará de detener la amenaza hacia ti. El vínculo de Kane contigo es a través del pasado y la promesa a tus padres".

"Sr. Bennet, usted es un vampiro. Lo que no entiendo es; ¿Por qué no actúa como Kane o Charles?". Es cierto, no mostraba ningún signo de ser otra cosa que un caballero de mediana edad que vivía feliz con sus libros. Me preguntaba de nuevo por qué mis padres no lo habían invitado a su casa, ni se habían dirigido a él cuando se dieron cuenta de que Charles era un peligro para nosotros.

"Bueno, como ves, cuando cambié, me resultó bastante difícil quitarle la vida a otro humano. Parece que tengo conciencia, mientras que otros no. El hecho de que mi vida como ser humano se detuviera abruptamente no significaba que mis sentimientos sobre la humanidad también debieran cambiar. Todavía quería ser y actuar tan humanamente como pudiera. Fue difícil al principio. Cuando se toma a un humano por primera vez, la sed de sangre es muy grande y se hace cualquier cosa para detenerla. Cuando eres un recién nacido, tu sed es diez veces más grande. Debo admitir que he matado en mis días, solo algunos, pero maté. Tampoco estoy orgulloso de ello, pero en ese momento no sabía que había opciones. Una vez que supe de estas opciones, comencé a sentirme más humano. Por no decir que beber sangre animal me hace un humano más, no lo hace, pero no tener que quitar vidas sí lo hace".

"Oh, bueno, gracias a Dios por el pequeño favor entonces, ¿eh?". Hice una mueca después de haber dicho eso. Sin embargo, era cierto porque sin el Sr. Bennet estaría sin hogar y peor sin nadie a quien le importara si vivía o moría.

"Ah, sí, bueno, Candra, entonces dime, ¿hay algo que pueda hacer por ti?".

"Necesito volver a mi casa o lo que queda de ella. Necesito verla por mí misma o tal vez salvar algo de lo que queda de ella".

"Si lo crees prudente, adelante, estaré contigo, observando. Aunque Charles no ha estado presente, no significa que no volverá. Lo hará, Kane que tiene que hacer otra marca más. Una vez que la recibas, Charles no podrá tomarte como su sirviente, pero hará todo lo posible por matar a Kane y posiblemente llevarte a su clan. Oh, sí, y probablemente debería haber mencionado que todos por aquí creen que estabas fuera de la ciudad cuando ocurrió la explosión. Su abogado sabe que estás aquí, por lo que se comunicará contigo sobre el reclamo del seguro.

Le sonreí al Sr. Bennet, después de todo, desde que había regresado a Rosewood Manor no me había sentido parte de esto, no es que hubiera tenido amigos cercanos. Pensándolo bien, mis padres nunca habían tenido amigos cercanos. Quizás esta fase de mi vida no me haría sentir muy diferente a la anterior. Solo parecería un fantasma, no, no un fantasma, un vampiro, que ahora era casi mítico. Yo existía, pero fuera de la sociedad humana.

"Pero no creo que sea conveniente que vaya ahora, a su casa, eso es. Has pasado por muchas cosas en los últimos días y no creo que tu cuerpo pueda resistir más emociones", dijo.

"Está bien, mire, descansaré un rato, y luego podremos hacer una pequeña visita, eso es todo".

"Volveré por ti más tarde".

Traté de pensar en lo que tenía que hacer en medio de todo el caos que me rodeaba, quería saber ahora qué haría si Kane no regresaba. ¿Lo quería o era solo el hechizo que me había lanzado? Necesitaba averiguar si podía resistirlo y si podía luchar contra la marca.

Necesitaba descubrir los verdaderos planes de Charles y sí ¿podría defenderme de él sin Kane? Sabía que Kane no había matado a mis padres, pero estaba segura de que Charles lo había hecho. No había nadie en quien pudiera confiar para obtener tal información. Tenía que hacer esto por mi cuenta. A través de toda esta pesadilla, la única cosa que honestamente no entendía era por qué mis padres me habían ocultado tantos secretos. Algo terriblemente mal había entrado en nuestras vidas, sin embargo, habían decidido no decírmelo. ¿Por qué?

"¡Defiéndete!". Lo dije en voz alta, sonaba tan fuerte, tan poderoso, que decidí hacer precisamente eso y olvidar mi debilidad. Estaba cansada de todo. La pesadilla en que se había convertido mi vida y que ahora terminaría. Tenía que controlar mi vida, no solo por mí, sino también por mis padres.

Reflexioné sobre lo que podía recordar de los libros que había leído sobre vampiros. Ninguno de los que recordaba parecía prometedor, en mi caso, ninguno auguraba un resultado exitoso. Lo único que podía hacer era matar a Charles.

¡Pero no creo que pueda hacer eso! Pensé.

La impotencia que se aferraba a mí como una pesada manta, me molestaba más que el propio Kane... si eso era posible. La nueva Candra había entrado al juego. Me puse delante de un espejo mirando como si pudiera tomar el mundo cuando...

"Te he traído algo de comer, Candra, ¿puedo pasar?". Miró la sangre que Kane había dejado para mi protección. ¿Qué era eso que Kane tenía sobre el Sr. Bennet? ¿Había algo que él sabía y no me estaba diciendo? Eso también necesitaba ser abordado.

"Oh, sí, entra".

Entró con una bandeja llena de sándwiches, té y algunas galletas con chispas de chocolate dobles.

"Se ve bien, gracias, aquí tienes una parte de mi sándwich. No puedo comerme uno entero". Le di la mitad del mío olvidándome por un momento de que él estaba siguiendo una dieta estrictamente líquida.

"No gracias, no tengo hambre, pero quiero que, comas algo. No has comido nada durante un tiempo y te ves bastante demacrada".

"Comeré, no tienes que preocuparte. Quiero ir a mi casa después de que terminemos, de verdad quiero hacerlo".

"¿Estás segura de que estás en condiciones? Has pasado por mucho últimamente; No quiero que te enfermes".

"Ya me siento mejor. Tuve una buena charla conmigo misma y decidí pelear contra Charles y Kane, si eso es posible. Bueno, suena mejor en mi cabeza que en palabras. Simplemente no quiero sentirme más como una doncella en apuros. Mi padre no aprobaría esto, ahora que lo pienso mi madre, bueno, tampoco lo aprobaría, pero no están aquí, así que...".

"No se puede luchar contra Kane, Candra, no importa cuánto te esfuerces. Cuando un vampiro ha elegido al que quiere como sirviente, nada lo detendrá. Sin embargo, me alegro de que quieras pelear contra Charles, especialmente cuando comencé a tener mis dudas. Quiero decir que este último episodio me convenció de que Charles había ganado".

"Lo sé, ya me lo dijiste. Como dije, no puedo sentarme aquí ciegamente y dejar que me controlen tanto con amor como con miedo. No me criaron de esa manera y estoy cansada de eso. Me está destrozando, puedo sentir que ambos me atraen como un par de perros peleando por un hueso, pero ya no, es mi turno de tomar el control".

"Bueno, come primero y después peleas, ¿de acuerdo?". Señaló mi plato, que todavía contenía un sándwich a medio comer.

No se habló más de la próxima pelea o de Kane y Charles. Hablamos de nuestro pasado y de lo diferentes que son las cosas ahora, en comparación con su época. Le dije que era una niña difícil. Crecí, tonta y no muy femenina. Hablé extensamente sobre mis padres. Sentí pequeños fragmentos de mí misma reconstruyéndose mientras hablaba, aunque no podía volver a los días de mi infancia, podía recordarla ahora sin el entumecimiento del dolor extremo.

"¿Has terminado tu comida, Candra? Asegúrate de beber tu té".

"Sí, gracias". Mientras me llevaba la taza a la boca y bebía el té, ahora tibio, de una manera muy poco femenina. El Sr. Bennet me miró con una sonrisa paternal. Curvó su boca, generalmente inexpresiva, mientras se giraba y me dejaba para que me vistiera en privado. Me levanté lentamente, cuando me sentí fuerte, me preparé. Me sentía más fuerte que anteriomente y me maravillé de lo rápido que me recuperé. Mientras bajaba las escaleras, el Sr. Bennet estaba esperándome.

"Estoy bien, no soy una porcelana que se pueda romper, ¿sabe? Estaré bien... honestamente". Me sentía más fuerte con cada paso. Mientras tanto, poniendo los ojos en blanco, el señor Bennet me siguió.

"¿Estás segura de que estás preparada para esto?".

"Sí, lo estoy, además el té que me sigue dando me ha calmado. Creo que un poco de aire fresco ayudará. Necesito hacer algo para despejar la niebla que me rodea".

"Candra, puede ser que pierdas el tiempo. Este no es un evento cronometrado. Hay mucho tiempo para que encuentres lo que estás buscando, de hecho, no necesitamos ir hoy, ¿verdad? ¿Podría ir por ti?". Salimos de la casa en el crepúsculo y todo me parecía diferente.

"¿Qué está insinuando? ¿Hay algo que no quiere que vea o encuentre?".

Mi reacción pareció divertirlo.

"No te estoy ocultando nada. Solo velo por ti y por tu salud. Eso es todo, Candra". Me ofreció una tímida sonrisa que rayaba en lo juvenil y extrañamente poco atractiva.

Me volví y continué hacia las ruinas de mi casa. El señor

Bennet entendió todo lo que me estaba pasando, pero no quiso decir nada de importancia. Había algo en él que no podía precisar, así que lo mantuve vigilado.

En la quietud de la noche, respiré el aire fresco y me sentí tan viva, profundamente en sintonía con mi entorno. Me sentía como una recién nacida, literalmente. Lo que era cierto en el sentido de los vampiros, sin embargo, no estaba muy segura. En general, me asombraba que pudiera sentirme tan diferente.

Me miró mientras yo sonreía ante todo lo que veía y oía.

"Entonces, ¿estás disfrutando de ti misma, verdad?". Preguntó.

"Es fantástico, el té de verdad, no lo sé, me siento tan viva. ¿Qué tipo de té era?".

"Se llama té Sanguinario o Té Bloodroot. Candra, no deberías estar tan estrechamente vinculada a Kane, todavía no, pero por alguna razón lo estás".

"¿Por qué me ocurre eso?". Seguí mirando alrededor mientras caminábamos. Todo parecía estar lleno de vida.

"No estoy seguro de si estás lista para manejar otras cosas todavía, especialmente después de lo que has pasado. Creo que deberíamos esperar hasta que seas un poco más como tú misma.

Lo miré con sospecha. Ya era bastante malo que no hubiera visto a Kane en días, mi depresión se estaba apoderando de mí, pero saber que tenía más que decirme, no me emocionaba. No estaba segura de poder manejar nuevas noticias. Odiaba a esta Candra. No soy como ella y me sentí terrible por hacer pasar al Sr. Bennet por tanto, pero por otro lado... algo en mi interior me decía que él no era todo lo que parecía. Mi instinto nunca me fallaba. Lo tuve en cuenta para futuras referencias.

"Sr. Bennet...".

"Shh, no hay necesidad de decir nada, Candra. Recuerda que sé por lo que estás pasando. Lamento mucho que haya sucedido. ¿Has leído Drácula de Bram Stoker?".

Me preguntaba a dónde iba con esto, respondí:

"Bueno, sí, hace mucho tiempo, ¿por qué?".

"La amiga más querida de Mina, Lucy, fue mordida, ¿recuerdas? Se puso muy enferma, sin embargo, Van Helsing sabía lo que le estaba pasando y trató de protegerla, de salvarla de una vida que él conocía muy bien. Tú, querida, me recuerdas a ella, por eso temo por ti porque esta vida no es nada que desearía, ni siquiera a un enemigo".

"Ella, ella es asesinada, ¿no es así?".

"Sí, ella fue asesinada. Ya no era la Lucy que Mina conocía y amaba. Era un monstruo".

Sentí como si mi corazón hubiera caído a mi estómago. No me gustó escuchar la palabra *monstruo*. ¿Es eso en lo que me estaba convirtiendo, un monstruo? La idea de ser como tal me asustó y comencé a imaginarme como Lucy. No quería ser parte de una existencia sin fin. Caminar noche tras noche y cazar para detener la sed frenética que me llevaría a matar. Ya me sentía como si estuviera loca de deseo. Ardía profundamente dentro de mí, por Kane. Era un deseo antinatural, que me llevó a un estado casi psicótico. La idea de suicidarme no parecía ser tan mala idea, pero me liberé de esos pensamientos y me concentré en lo que me esperaba, en mi casa o en lo que quedaba de ella.

"¿Estás bien, Candra? ¿Pareces preocupada?".

"¿Qué? Oh, sí, claro, claro, estoy bien, tal vez un poco cansada todavía, pero me las arreglaré, no se preocupe. ¿Necesito ver mi casa o, debería decir, mis escombros?". Me reí un poco, pero no era una risa real, más bien era forzada.

Cuando subimos a la cima de la colina, vi instantáneamente la montaña de ladrillos, pedazos de madera, tejas y vidrio que cubría el suelo. Me asombró ver lo que antes era una casa señorial, ahora reducida a escombros. Mi garganta se apretó mientras luchaba por contener las lágrimas.

Me paré donde habría estado la puerta principal y me abrí camino con cuidado alrededor de los escombros. No quedaba absolutamente nada que se pareciera a mi casa. No sabía por dónde empezar, ni qué buscar. Solo tenía que encontrar algo, cualquier cosa a la que pudiera aferrarme, que mantuviera a mis padres cerca de mí.

"Candra, tendría cuidado si fuera tú, el piso no es tan estable y podrías caer". Rápidamente se acercó a mí, cautelosamente para no perder el equilibrio.

"Tendré cuidado, solo quiero ver si hay algo que pueda salvar, algo que mantenga viva la memoria de mis padres y…".

Algo brilló en la luz moribunda, algo plateado. Me acerqué al objeto y lo recogí. Era un relicario de intrincados detalles, que estaba grabado con el diseño de una rosa en el frente. Parecía muy antiguo y no lo recordaba hasta hoy. Lo levanté para verlo mejor y le pregunté al Sr. Bennet qué era.

"Bueno, veamos". Me lo quitó y lo examinó detenidamente.

"Parece ser un relicario de cremación. Fueron hechos en memoria de un ser querido que había muerto. En el interior, el relicario llevaría algunas de las cenizas del ser querido. El doliente lo usaría alrededor de su cuello, supongo que para mantener a sus seres queridos cerca de sus corazones, o eso me han dicho. Yo, por mi parte, creo que es bastante espeluznante, pero para otros, no. Todo es cuestión de gustos".

Me lo devolvió y por curiosidad, lo abrí. Un mareo repentinamente me invadió cuando me acerqué al Sr. Bennet. Traté de tomar su mano pero ya era demasiado tarde.

Me desperté, todavía en un estado mental brumoso, todavía fuera de mí, pero no entre un montón de escombros. Mi casa, la que fue destruida por Kane y Charles, ahora se presentaba como era originalmente, de donde salía humo de su chimenea. Temblando, me levanté y caminé hacia la puerta trasera, que daba a la cocina.

Entré con cautela. El olor a carne asándose en el horno me alertó sobre el hecho de que no estaba sola. La cocina era muy diferente. Atrás quedaba la estufa que recordaba, de hecho, no había comodidades modernas y todo estaba... impecablemente limpio, pero básico, no del siglo XXI.

Un enorme fogón estaba encendido en llamas, con una olla colgada justo encima. Los estantes que estaban a la derecha del fuego estaban llenos de botellas de vidrio verde oscuro, cuencos de madera, cucharas y pequeños frascos de especias. A la izquierda del fogón había un perchero del que colgaban toallas hechas a mano. Toqué una y examiné las puntadas que la decoraban. Eran delicadas y ordenadas, representaban rosas con un patrón entrecruzado que rodeaba la flor. Mientras continuaba moviéndome por la cocina, noté la puerta que conducía al comedor.

La habitación seguía pareciendo casi igual. El fogón todavía con su espejo justo encima del manto y la gran ventana a la derecha, me recordó lo mucho que me encantaba mirar por ella cuando era niña. Me sentí en paz. La mesa, puesta como si la cena fuera a empezar pronto. La porcelana fina con la inicial "R" en el medio y el lino bordado con rosas vestían la mesa; recordé haber visto a mi madre usarlo en ocasiones especiales, como cumpleaños o Navidad.

Continué hacia la sala de estar. Espeluznantemente silenciosa, pero no tenía miedo. Un extraño remordimiento me mantuvo en marcha como si mi razón para estar allí fuera un secreto. La habitación, lujosamente amueblada, pero acogedora al mismo tiempo, tenía un fuego que ardía perezosamente en la chimenea, al lado estaba mi silla, la silla que tenía de niña.

Había cuadros en las paredes y otros que se alineaban en la repisa de la chimenea, no reconocí nada. Entonces vi una pintura de dos niños pequeños parados frente a sus padres, gemelos, detrás de ellos, sentados, estaba su madre y en sus brazos había un bebé. El padre de pie junto a la mujer sentada, con la mano apoyada en su hombro, casi como si la limitara. Los niños pequeños parecían conocidos, pero no pude ubicarlos. Un ruido vino del exterior y me acerqué a la ventana, separé las cortinas un poco. Allí vi al hombre y a uno de los muchachos del cuadro bañados por la luz de la luna. Fuertes palabras llenaron el aire mientras el niño se quedó allí llorando de vergüenza. No podía escuchar lo que se decía y jadeé cuando el hombre abofeteó al chico en la cara, casi tirándolo al suelo. ¿Cómo pudo pegarle a un niño así? Fue tan cruel que quise salir corriendo y evitar que el hombre volviera a golpear al niño, pero no podía moverme. Alguna fuerza no me dejaba. Estaba anclada al lugar obligada a ser espectadora.

El hombre se volvió, se alejó del niño, palabras de disgusto colgaron en el aire. Herido, con lágrimas corriendo por su rostro, el niño miró al hombre. Mientras lo hacía, sus ojos se volvieron negros y sus puños se apretaban con rabia... un grito atravesó el aire, pero este grito no se trataba de dolor, era mortal. No podía apartar los ojos del niño, tan rápido como llegó el grito, terminó con el niño sonriendo serenamente. Su cabeza giró en mi dirección. Me congelé sin saber qué hacer. Caminaba con una calma que me hizo temblar. Se detuvo en la ventana, justo en frente de mí. Se veía tan angelical, aunque su rostro estaba pálido y sus ojos verdes estaban muy abiertos, brillantes. Muy parecidos a los míos, pero en lo profundo de su alma, podía ver el vacío donde acechaba el mal. Me hablaba, pero ninguna palabra salió de su boca; me hablaba con su mente.

"La profecía está contigo, Candra". Luego desapareció. Todo se volvió negro.

"Candra, ¿puedes oírme? ¡Candra!". El Sr. Bennet acarició suavemente mi cara, tratando de despertarme.

"Candra, por favor despierta". Abrí mis ojos. Todo el evento me sobresaltó tanto que comencé a hiperventilar.

"Respira constante y profundamente, Candra, tienes que ralentizar tu respiración o te desmayarás de nuevo, querida. Sabía que no debería haber aceptado dejarte venir aquí, no podrías manejarlo. Qué tonto soy".

"Yo... yo estaba en casa, en esta casa. La cena se estaba cocinando en la estufa, la mesa estaba puesta con la mejor porcelana". Me senté y continué.

"Y estaba esta pintura; es ... ¿dónde está? Tiene que estar aquí. Ayúdeme a buscarla". Me puse de pie y comencé a mover pedazos de madera y muebles rotos. Mientras lo hacía, traté de ubicar la sala de estar, tropecé en esa dirección. Cavé entre los escombros, como si mi vida dependiera de ello. Tenía que estar ahí.

"Candra, ¿qué es tan importante en esta pintura? No creo que tengas que enfadarte. Podemos volver y mirar cuando seas más tú misma. YO...".

"Si va a seguir dándome lecciones, puedo aconsejarle que me deje en paz porque ahora mismo no necesito clases, necesito esa pintura. Entonces, ¿me va a ayudar o no?". No esperé su respuesta; seguí escarbando a través de los escombros, con mis propias manos hasta que...".

"La tengo. Está intacta". La recogí, limpié la suciedad con la manga de mi abrigo, me quedé allí mirándola.

"Está bien, sin daños. Mire, es la pintura".

"¿Qué pintura?". Me di cuenta de que tenía un presentimiento, pero quería escucharlo de mí.

"No sé quién es... algún miembro de la familia tal vez, solo sé que nunca la había visto antes, pero estaba colgada en mi casa. Como le dije antes, me dirigí a la sala de estar y fue entonces cuando escuché una voz desde afuera. Fui a mirar y ahí estaba este hombre, era horrible, simplemente horrible. Golpeaba a un niño varias veces. Toda la escena me dio escalofríos, no pude evitar notar que los ojos del niño estaban negros. Quiero decir, negros como el carbón. El niño no parecía asustado. Ni siquiera lloró. Estaba impasible. Incluso durante las bofetadas, simplemente las aceptó. Luego, cuando este hombre se alejó, el niño me miró. Me vio en la ventana. Me asustó, pero lo que hizo, la cosa más espeluznante, fue que sus ojos ya no eran negros, eran como...". Miré al Sr. Bennet.

"... como los míos".

El Sr. Bennet estaba preocupado, me di cuenta de que sabía hacia dónde se dirigía esto, no estaba bien. Había ido al pasado, el pasado de mi abuelo, reviví parte de su vida.

"Oh, Dios mío... Charles".

Desconcertada por su reacción, continué: "Entonces vino a la ventana, donde yo estaba y me habló. Dijo *la profecía se mantiene contigo*. ¿Qué quiso decir con profecía? ¿Y quién es el niño?".

"¿Cómo pude haber sido tan estúpido? Dios mío, se parece a... No me gusta nada, Candra. Creo que lo mejor es que volvamos a mi casa. No estoy seguro de lo que quiso decir, pero sea lo que sea, vamos a tener más problemas. Vamos, creo que ya has tenido suficiente por un día, necesitas descansar". Sabía exactamente lo que significaba, apostaría la granja si tuviera una. Tenía que convertirme en uno de ellos, para ocupar mi lugar en la familia, que era donde mi abuelo Charles me quería. Alguien necesitaba asegurar la línea de sangre y yo era la única que quedaba para cumplir con eso. Eso no me hizo sentir especial. Y pensar que había estado lamentando el hecho de ¿estar sola en el mundo?

Me aferré a la pintura mientras caminábamos de regreso a su casa. En mi cabeza, *la profecía se mantiene contigo,* se repetía una y otra vez, como un disco atascado.

10

Regresamos a la casa. Las sombras nocturnas jugaban con mis ojos cuando el Sr. Bennet se detuvo justo afuera de la puerta.

"Algo está mal; algo o alguien está aquí. Puedo sentirlo".

Entró primero y comenzó a registrar frenéticamente cada habitación.

"Candra, quédate afuera, no es seguro aquí". Corrió escaleras arriba, pero no lo escuché y entré.

Cuando entré, encontré a una extraña, una mujer, parada como una estatua junto a las escaleras. Tenía la ropa rota y se balanceaba ligeramente de un lado a otro.

Se veía angustiada, así que caminé lentamente hacia ella. Respiraba de forma extraña; su diafragma se contraía como si le costara trabajo cuando inhalaba y parecía aturdida.

"Um, ¿estás bien? ¿Cómo entraste?". Giró la cabeza lentamente y miró a través de mí. Sus ojos estaban sin vida y eran tan oscuros como la noche... como el niño, el que había visto en mi visión. Sentí mi corazón latir y la autoconservación entró en acción. Sin mostrar exteriormente el pánico que sentía, comencé a retroceder un poco. Las comisuras de su boca se curvaron hacia arriba mostrando sus colmillos, mientras su respiración cambiaba rápidamente. Comenzó a jadear muy rápido, casi convulsionando mientras olía el aire, la baba se desbordaba de sus labios mientras siseaba, luego se me lanzó. Grité de terror cuando caí al suelo. Ahora estaba encima de mí. Me agarraba del cabello y me acercaba la cara a la boca.

Con todas mis fuerzas, le di un puñetazo en la cara. Cayó a un lado. Corrí hacia la puerta delantera. Un fuerte gruñido vino desde atrás. En el fondo, mi fuerza brotó a la superficie; la voluntad de vivir era aún más fuerte que mi voluntad de morir. Mi mano estaba a unos centímetros de la mesa del vestíbulo, de un solo golpe, agarré su pata, le arrojé la mesa y corrí. En unos segundos, me agarró y me sujetó por el cuello.

"Oye, Candra... ¿quieres que seamos hermanas de sangre? No, dudo que lo quisieras, pero nos conocemos desde hace tanto tiempo y no que creo que te importe que tengo hambre".

Me parecía nauseabundo que esta perra me quisiera muerta, mi boca se secó mientras trataba de hablar.

"Te recuerdo. Eres la mesera del restaurante".

Se rió de mis palabras y su respuesta tuvo una nota de impaciencia.

"Siempre fuiste una solitaria, demasiado buena para el resto de nosotros, una Rosewood, pero ahora mismo tengo mejores cosas que hacer que hablar".

"¡Harás enojar a mi familia si me matas! Estoy segura de que no querrás lidiar con ellos ahora, ¿verdad?". Sonaba bastante tonto, pero en ese momento tuve que detenerme. "¿Dónde diablos estaba el Sr. Bennet?".

No me escuchó. El hambre era su único motivo y me ansiaba como un mono sobre un pastel. Me miró de arriba abajo. Sí, yo era ese pastel.

"¿Qué me importa? Cuando termine contigo, entonces podrás...". Con una risa gutural agregó, "...estar con tus padres".

Me apretó la garganta con tanta fuerza que solo intentar respirar resultaba difícil. En palabras entrecortadas, le dije:

"Me estás lastimando".

"¿Lastimarte? Esa es mi intención, Candra, esto es lo que los cazadores llaman deporte. Es divertido verte luchar. Hace que la sangre sea más agradable, ya ves, la cena debería ser un placer, no debe ser aburrido". Enseñó los colmillos y se lanzó a matar.

"¡Detente!". El Sr. Bennet se paró en lo alto de las escaleras. Tenía una ballesta enorme; una flecha en su lugar y apuntaba directamente a su corazón.

Encorvó los hombros y siseó en voz alta.

"Quieres matarme para poder tenerla para ti, pero podemos compartirla, si lo deseas, no me importa". Sus colmillos descansaron en mi garganta mientras la flecha atravesaba su cuerpo. Inclinó la cabeza hacia atrás mientras agarraba la flecha con punta de acero inoxidable que sobresalía de su pecho. Una mirada de sorpresa quedó inmortalizada en su rostro. Estalló en llamas poco después. Me alejé mientras el fuego la consumía. Finalmente, se convirtió en un montón de brasas ardiendo en el suelo.

¡Grita, maldita sea, grita! Me dije a mí misma. En cambio, me senté temblando con lágrimas corriendo por mi rostro.

El Sr. Bennet dejó el arco y corrió en mi ayuda.

"¿Estás bien?".

Todavía temblando, murmuré: "El…ella…".

"Lo siento Candra. Sé que eso es todo lo que te he estado diciendo, pero lo siento. Siento que te he defraudado de muchas maneras. Pensé que estarías a salvo en mi casa, sin embargo, no estás segura aquí. He fracasado tremendamente".

"E… ella… está … está muerta. La has matado. Te quedaste allí y le disparaste una flecha en el pecho. Simplemente se incendió". Lo miré y agarré su manga.

"Perdí a mis padres, mi hogar y ahora esto. ¿Va a parar esto alguna vez o esto será mi vida?". Tragué saliva, mientras las lágrimas corrían por mis mejillas. No podía soportarlo más. Quería mi vida de regreso. La vida que tenía antes de la muerte de mis padres. La ira, el dolor y la frustración salieron a la superficie a la vez.

"Yo no... no quiero esto. Pensé que podía superarlo. Pensé que podía luchar contra todo el mal que parece estar en contra de mí, pero... ¡No puedo! ¡Simplemente no puedo!".

Reduje la velocidad de mi respiración. Necesitaba racionalizar lo que acaba de pasar. Tenía que continuar con la pelea que dije que haría, sin importar lo loco que se sería.

"Lo siento. Desearía que todo se fuera si pudiera, pero no puedo", dijo tomando mis manos. Lentamente me puse de pie.

La luchadora en mí se hizo cargo. Algo se hizo cargo. Salió de mi vientre. Hirvió por mis venas en ese momento y sacó a la luchadora que llevo dentro. Lo miré.

"¿Y ahora qué, eh? ¿Por qué no me lo dijo y a cuántos más han entregado usted y mi familia a lo largo de los años? ¿Por qué nunca me habló de mi abuelo o de Kane cuando nos conocimos? ¿Y por qué mis padres nunca lo invitaron a su casa?". Lo empujé con fuerza.

Disgustada por todas las mentiras y las medias verdades que me había dicho, me volví para regresar a mi habitación, la de arriba, pero antes de hacerlo, lo miré y lo vi por lo que realmente era. Un mentiroso descarado, al que le gustaba jugar con los débiles. Bueno, todavía no había visto nada. Subí las escaleras de regreso a mi habitación y cerré la puerta. No lo necesitaba, todavía estaba protegida por la sangre de Kane, así que realmente no era necesario. Creo que solo quería asegurarme de que se mantuviera fuera.

Me sequé la cara con la manga y miré por la ventana. No tenía más lágrimas que derramar. Este pequeño acontecimiento, como diríamos, rompió el lomo del camello. Quieren una mujer endeble y frágil, bueno, tengo noticias para ellos, estoy luchando nuevamente.

"¡Voy por todos! ¡Me escuchan! No me tomarán. ¡Morirán antes!". Gritaba por las ventanas. No sería hoy.

Ahora me daba cuenta de que la vida no podía asustarme más. ¿Qué más podrían hacer que no hayan hecho? Lo he visto todo o eso creo. Sí, todo se había ido. Una vez más, mi herida que intentaba sanar, había vuelto a abrirse, con ella, un nuevo dolor que me tocaba profundamente. Mi estómago se retorció en nudos y los calambres se apoderaron de mi abdomen. Tomando una almohada de la cama, la abracé con fuerza contra mí. Una extraña sensación me apoderó mientras miraba hacia la dirección de mi casa. Pude escuchar una voz, tan lírica, que enviaba escalofríos por mi espalda. Kane.

Cubrí mis oídos, esperando que eso bloqueara su voz. Ya no quería formar parte de él, ni ahora, ni nunca. Quería recuperar mi vida, tal como la recordaba, pero cuanto más trataba de bloquearlo, más ruidoso e insistente se volvía.

"No te he olvidado, Candra, amor. Mi energía surge a través de ti. Úsala y déjame hacerte fuerte. Pronto estaremos juntos y luego serás mía".

"¡Vete!". Su pasión se quemó en mi alma. Retorciéndose a través de cada dolorosa necesidad de anhelo. Traté de luchar contra él, pero cuanto más luchaba, más se intensificaba. Aumentaba las pasiones que yo pensaba que se habían perdido para siempre. *Véncelo, Candra. No dejes que gane.* En el fondo, si realmente pensaba esto, no podría hacerlo por mi cuenta. Solo era una simple mortal. ¿Qué sabía yo de luchar contra vampiros? Parecía una tontería de mi parte, pero siendo terca como mi padre, necesitaba terminar con toda esa mierda. Respiré profundo. Exhalé.

"Necesito la ayuda de Kane", lo dije. ¿Me hacía débil? No. Me hizo más inteligente. Kane era mi única oportunidad de buscar venganza contra Charles y los otros vampiros. En cierto modo, me repugnaba pensar que querría actuar de esa manera, pero me sentí cambiada. Más fuerte y más decidida. Iba a empezar a usar la cabeza y dejar de aceptar la palabra del Sr. Bennet para todo. No dispuesta a esperar que algo sucediera, ahora quería a alguien a quien culpar y tenía muchas opciones.

Recordé que el Sr. Bennet tenía una colección de libros en su estudio, decidí que valía la pena hacer un poco de investigación.

11

La mañana resultó ser un mejor momento. Más luz. El estudio del señor Bennet estaba al otro lado del pasillo del salón. Sin querer llamar la atención, bajé de puntillas las escaleras, recorrí el pasillo y entré en su estudio. No era una habitación grande, pero desde el suelo hasta el techo había estantes llenos de libros, de hecho, todas las paredes estaban cubiertas de libros. Mi corazón se hundió, una ansiedad abrumadora llenaba mi pecho. No iba a ser fácil.

"¿Cómo voy a encontrar lo que necesito? Me llevará todo el día, tal vez más, para encontrar lo que quiero y no tengo mucho tiempo". Murmuré palabras que avergonzarían a mis padres, comencé mi largo viaje por el camino hacia la verdad.

Comencé con el estante más cercano y hojeé los títulos. Había libros sobre medicina, la Primera y Segunda Guerra Mundial, libros de poesía, libros de historia, misterios y mucho más. "Debería rendirme, no puedo hacer esto… no puedo. Es imposible". Entonces una voz dentro de mi cabeza, me susurró, "Mira hacia la luz".

Desconcertada por las palabras, las dije en voz alta. "¿Mirar hacia la luz? ¿Luz, una lámpara o es una forma de hablar? ¿No puedes darme una mejor pista?", susurré.

Era como si algo me girara la cabeza. La gran ventana panorámica a mi izquierda dejaba entrar un rayo de luz a través de las cortinas casi corridas. Pero luego, lo vi. Un libro muy grande. No estaba en el estante, sino en una mesa con otros tres libros. La encuadernación era de cuero negro, decorada con bordes dorados. El título me llamó la atención, "Rosewood". Las letras, eran doradas con un extraño patrón de filigrana debajo. Al abrirlo, noté que las páginas estaban viejas y quebradizas. Una inscripción, escrita a mano, en el interior, decía: *"Sic Gorgiamus Allos Subjectatos Nunc"*, la traducción: *"Con gusto nos deleitamos en aquellos que quieren someternos"*, se susurró en mi cerebro. Miré cuidadosamente las páginas, leyendo fragmentos y piezas de información, pero eso no me ayudó a entender lo que estaba pasando ahora o por qué habían asesinado a mis padres. Sin embargo, encontré una sección... mi árbol genealógico. Era difícil de leer y la mayor parte de la tinta estaba descolorida o borrosa. No obstante, eso no me impidió buscar. Esto es lo que necesitaba encontrar. Mi bisabuelo Alexander Lemn de Trandafir y su esposa, Salome Claire Lemn de Trandafir, estaban en la parte alta. Había otros nombres arriba, pero al ser muy antiguos, se desvanecieron más allá de la lectura y casi desaparecieron. Moví mi dedo con cuidado por la página. Vi que tenían tres hijos. Charles Winslow Rosewood, Timothy Alexander Rosewood, y mientras mi dedo continuaba deslizándose por la página, me quedé helada. El nombre del hijo menor me asombró. Jadeé por aire. Pronto se produjo el pánico. Me sentí mareada.

"No, no puede ser, ¿es verdad? ¿Por qué no me lo dijo y por qué no usa su nombre de nacimiento?". Busqué cualquier pensamiento que pudiera dar razón a la locura que acababa de encontrar, pero ninguna era suficiente.

"Eldon Bennet Rosewood es mi tío abuelo", leí en voz alta. Mirando hacia arriba, observé la ventana frente a mí.

Solté el libro y lo miré sin comprender. En mi cabeza aparecieron fragmentos de información e imágenes de días anteriores. Tratar de entender todo lo que había pasado, las cosas que vi y no entendí ahora tenían sentido y me enfureció.

Precipitadamente salí de la habitación, y avancé por el pasillo, lo encontré todavía en la cocina. Se sentó a la mesa con la cabeza entre las manos.

"Todavía aquí, veo que limpiaste las cenizas. Bien hecho, tío o, para ser más precisos, tío abuelo Eldon…".

Sacudió su cabeza. "¿Cómo me llamaste?". Podría decir que no le gustó; sabía que me había escuchado correctamente. Ahora su retorcido secreto estaba al descubierto.

"Me escuchaste. Te llamé tío abuelo. Tu nombre es Eldon Bennet Rosewood, el hermano de mi abuelo. ¿Por qué no usas tu apellido? ¡Dime! Necesito respuestas y las necesito ahora".

Respiró hondo y comenzó. "Lamento haberlo ocultado, pero tenía buenas intenciones. Quería salvarte. Verás, bueno, ya sabes que Charles Winslow Rosewood era y sigue siendo un vampiro, has escuchado su voz. Nuestra madre, Salomé, también fue marcada por nuestro padre, pero murió. Se suicidó; de hecho, mi padre tiene ese efecto en la gente".

"Encantador… espera… tengo que asimilarlo. Entonces, estás diciendo que la historia de mi familia se trata de ser un vampiro. Ahora tiene sentido, creo. Entonces, tuvieron hijos, tres para ser exactos, y todos ustedes son vampiros. ¿Cierto?".

El Sr. Bennet asintió lentamente y luego se detuvo un momento antes de continuar.

"De repente me di cuenta, cuando dijiste que ibas al pasado, cuando estabas de pie junto a la ventana, el niño pequeño que se acercó a ti no era tu abuelo, como creías antes, sino tu tío abuelo, Timothy, mi hermano. Pensé que había muerto. Verás, Timothy se fue y nunca lo volví a ver. Me dijeron que había muerto a manos de nuestro padre, lo cual era no era cierto. Me ocultaron la verdad...", hizo una pausa y luego continuó. "Lo que viste, a quien escuchaste fue Timothy. Nunca se llevaron bien, por alguna razón, mi padre siempre favoreció a Charles. Timothy nunca podía hacer lo correcto ante sus ojos. Eso también explicaría por qué mi madre me dijo que mi padre se había ido a un largo viaje a Europa, del que nunca regresó. Mi madre lloraba, lloraba constantemente, lo que me pareció extraño porque mi padre había hecho otros viajes antes y nunca había reaccionado de esta manera. Solo la recuerdo llorando por su padre, luego por Timothy, luego por el regreso de su padre. Todo esto tiene mucho sentido ahora... Timothy, si pusieras su foto junto a la de Charles, tu abuelo, eran gemelos casi idénticos. Así que todo este tiempo pensé que estaba viendo a mi hermano Charles. Realmente estaba viendo... a Timothy".

"Oh, esto se pone mejor minuto a minuto. Continúa, aunque creo que he llegado a entender que toda mi familia no son más que monstruos", dije, esforzándome mucho en no ser sarcástica.

"No, no toda tu familia, Candra. Tu padre, por supuesto, nació como vampiro y se convirtió por completo a los veintidós años, pero cuando se casó, lo hizo con una humana y nunca la marcó. Esto, por supuesto, no le cayó bien a la familia. Se esperaba que continuara con el legado, pero no pudo, quiero decir que pudo, simplemente eligió no hacerlo. No quería ese tipo de vida para tu madre. Dijo que cuando fuera el momento adecuado la marcaría, pero solo estaba evadiéndolo".

"Ambos querían un hijo, pero las posibilidades de que tuvieran un hijo vampiro no eran buenas, a menos que la hubiera marcado. Tu madre, como cualquier otra mujer, quería tener hijos, pero sabía cuál sería el resultado. Ahí es donde entras tú... creo. Hay algo que no encaja aquí. Recuerdo que tu madre perdió un hijo al nacer, pero... ha pasado tanto tiempo que no puedo recordar todo".

"Maravilloso...".

"Pero luego apareciste... aunque no sé cuándo".

"Bien, entonces estás experimentando pérdida de memoria en tu vejez. De todos modos, cuando estaba repasando la lista de nombres, vi que Timothy había muerto joven de tuberculosis. ¿Cómo puede ser? Los vampiros simplemente no mueren, a menos que... bueno... ya sabes. Entonces, ¿mintieron en el certificado de defunción?".

"No puedo recordarlo, pero un pariente hizo un relicario y pensé que las cenizas de Timothy estaban dentro. No sé a quién se suponía que debía ir el relicario o quién lo habría usado, solo recuerdo haberlo visto en el tocador de mi madre".

Mis ojos se abrieron en ese momento cuando me di cuenta del significado de todo esto.

"Sí, el mismo relicario que encontraste en tu casa", dijo, aparentemente perdido en sus pensamientos.

"Pero no había cenizas en él. ¿Qué les pasó a ellos?".

"Me imagino que era Timothy, no sus cenizas, pero... era un niño muy difícil, más que el resto de nosotros como lo pudiste observar. Cualquiera que estuviera en su contra lo consideraba indigno, así que lo mataba. Por eso me preguntaba por la desaparición de mi padre o incluso del suicidio de mi madre, pero siempre había sospechado que mi padre era la causa. Así que lo más probable es que Timothy fue el real causante. Pero no lo sé, probablemente".

"¿Y mi abuela? está muerta, pero ¿qué pasa con mis otros parientes?".

"Si quieres respuestas sobre los otros parientes, te sugiero que vuelvas a mirar el libro. Están vivos, son vampiros, pero los aquelarres no suelen ser muy grandes y están divididos debido a las tensiones. La familia, como ya has visto, puede ser, digamos, malsana".

"Precioso... mi herencia no es más que monstruos chupadores de sangre. Así que dime, ¿dónde encaja Kane en todo esto?".

"Charles o Timothy, supongo, estaba de mal humor o su sed se apoderó de ellos, pero quienquiera que fuera, sacó sus frustraciones con la persona que pudo encontrar, que en ese momento era Kane. Yo lo hubiera impedido, a Timothy, ahora que sospecho de él, para que no le hiciera nada a Kane y lo traje de regreso a mi casa. Fue estúpido de mi parte; cuidé sus heridas y se quedó conmigo un tiempo. Era un momento difícil para él. El cambio fue muy perturbador; tuve que atarlo para evitar que hiciera una locura. Cuando eso disminuyó, entonces, por supuesto, la sed comenzó a afectarlo, lo que en sí mismo podría volver loco a cualquiera. Pensé que podía hacerle caer en razón de que no tenía que matar para sobrevivir, pero supongo que fue demasiado para él. No podía manejarlo, no importó lo que yo había hecho para ayudarlo".

"¿Ayudarlo? Lo que hiciste debió haber parecido tan malo como lo que Timothy le hizo".

El Sr. Bennet hizo una mueca ante mis palabras y continuó. "Tienes razón, Candra. Kane, enojado por su cambio, deseaba haber sido asesinado en lugar de vivir esta vida y estaba decidido a vengarse. Nunca pudo encontrar a Charles o a Timothy, pero se enteró de tu familia. Los observaba en las sombras. Lo sé porque siempre lo veía. De todos modos, para terminar esta larga historia, parece que se acercó a tus padres y ellos confiaron en él por razones propias. Creo que te entregaron a Kane a cambio de que te protegiera".

"Lo que más me molesta es que todo esto podría haberse evitado si hubieras detenido a Charles o Timothy. Viste a uno de ellos, pero no hiciste nada. Ahora me pregunto cuáles fueron tus verdaderos motivos". La amargura se derramó en mi voz.

Planeaba evitar la pregunta sobre sus motivos, me di cuenta. Se puso de pie, listo para irse cuando le hice otra pregunta.

"No me has explicado por qué nunca me dijiste que eras mi tío, mi tío abuelo".

"Yo mismo dejé a la familia. Mis hermanos no me agradaban

mucho, aunque todavía era más humano que vampiro, me marché. La vida después de eso resultó bastante difícil. Me formé para ser médico, viajé mucho, dejé de usar Rosewood como nombre, pero luego volví. Los vampiros de nuestra especie siempre han sido un objetivo para que la gente desahogue su odio, así que regresé al redil, pero a diferencia de la mayoría de los miembros de mi familia, me convertí más tarde en la vida, probablemente porque pasé mucho tiempo en el mundo humano. Mis hermanos se convirtieron, al igual que su padre, en sus veinte, yo, por otro lado, continué mi vida como humano hasta bien entrados los cuarenta, como tal, tenía poco en común con mis hermanos mayores".

"No me interesa cómo encajas en lo que está pasando ahora".

"Cuando encontraron muertos a tus padres, pensé que mi hermano Charles, tu abuelo, lo había hecho. Ahora no estoy tan seguro. No quería decírtelo, Candra, porque los habías perdido y pensé que si te decía que era tu tío abuelo, un vampiro, me odiarías aún más, pensarías que yo lo había hecho. Solo quería ayudarte y todavía lo hago. No quiero verte convertida en uno de nosotros y estás muy cerca de ser solo eso".

"Bueno, ahora no sé qué hacer. Te odio por las mentiras que me has estado diciendo, no puedo confiar en ti… ¿y qué puedes hacer para ayudarme? Ya me dijiste que no hay nada que pueda hacer. Tengo un vampiro que está obligado y decidido a hacerme suya sin importar lo que quiera".

"Como dije, nunca quise hacerte daño. Lamento que todo esto haya sucedido cuando intentaba evitarlo".

"Planeo luchar a mi manera, te guste o no, no quiero tu ayuda. Solo te interpondrías en el camino y… probablemente me impedirías hacer lo que tengo que hacer, así que, si no te importa, déjame seguir con mis asuntos sin obstáculos, por favor".

"Puedo aceptar eso, pero una cosa, si tienes alguna duda,

sobre lo que sea, quiero que vengas a mí. Lo creas o no, puedo ayudar, quiero ayudar".

Lo miré con curiosidad. Ahora tenía mis dudas sobre él y me preguntaba si realmente podría ayudar si lo necesitaba. Una parte de mí sabía que no podía hacerlo y me preguntaba qué quería decir realmente con *ayuda*. Todavía sentía que muchas cosas de mi familia se me ocultaban y que él no era capaz de ser sincero en lo absoluto. Me pregunté si Kane sabía algo.

"Necesito volver a la casa, mi casa. Algo me dice que debería irme, solo es un presentimiento, nadie me está hablando, es solo algo que tengo que hacer. Tengo que escapar, solo por este día. Starve Rock no está muy lejos. Creo que si hiciera algo de caminata, aire fresco y ejercicio me vendrían bien y tal vez aclararía mis pensamientos".

"Solo prométeme que tendrás cuidado. Kane sabe adónde vas, tus pensamientos ahora son de él, así que deberías estar a salvo, pero Charles o Timothy también podrían encontrarte".

"Como sea...". Me di la vuelta, caminé hacia afuera y me dirigí directamente a mi casa.

12

El aire invernal, fríamente empezó a asentarse en mis huesos, dando un nuevo significado a la palabra *frío*. Recorrí por los pinos una vez más, el olor me recordó a la Navidad, cómo anhelaba esos días con mi familia. Sonreí, luego me dolió, porque sabía que eso se había ido para siempre. Una parte de mí estaba resentida por el hecho de que mis padres no me hubieran hablado de ellos o del peligro que parecía inundar mi vida. Debió haber habido algún momento en el que podrían haberme explicado todo esto, en lugar de enviarme interna a la escuela y luego a ese viaje a Europa. ¿Su plan había sido que todos escaparíamos o habían planeado sacrificarse todo el tiempo?

Una luz brillante golpeó mi ojo cuando me acercaba a la cima. Al alcanzarla, noté que era el relicario. Me había olvidado de colocarlo en mi bolsillo. Me agaché, lo examiné una vez más. Por alguna razón, estaba destinada a encontrarlo, pero no estaba segura de qué haría con él. Todo lo que sabía era que encontrar este relicario se convertía en un momento decisivo en mi vida.

Lo coloqué alrededor de mi cuello y el frío metal me heló la piel. Establecía algo determinante en mí, para terminar lo que había iniciado. "Seguiré con la dinastía Rosewood, pero a mi manera". Estuve allí entre treinta minutos y una hora, buscando cualquier cosa que me diera una pista sobre la locura que me estaba pasando, pero no encontré nada más. El auto de mi madre era lo único que no había sufrido daños, eso me daba una sensación de libertad. Podría irme ahora y no regresar nunca. Entré al auto y afortunadamente la copia de la llave todavía estaba debajo del asiento del conductor, donde mamá siempre la dejaba. Lo encendí y avancé lentamente por el camino de la entrada.

Miré por el espejo retrovisor, y vi una figura que estaba justo detrás de mí. Pisé el freno, miré por encima del hombro... nada. Sacudí la cabeza pensando que era mi imaginación, me estaba haciendo una mala jugada, me dirigí a Starve Rock.

Iba silenciosa en el auto, demasiado silenciosa, con destellos de mi encuentro con la mujer vampiro, todavía no podía recordar su nombre y me quemaba por la culpa. La pregunta que probablemente debería haberme hecho es cómo entró en la casa y por qué había estado tan ansiosa por matarme. El señor Bennet o el tío abuelo Eldon, como ahora sabía que era y Kane inundaban mi cabeza. Ambos sabían más de lo que me decían. Luché por mantener a raya las preguntas, pero fue en vano. Encendí la radio, me concentré en la música. No estaba prestando mucha atención a lo que se estaba reproduciendo; solo quería el ruido como una distracción.

Mientras conducía, me encontré con el letrero del Parque Estatal. Al subir por la carretera larga y sinuosa, mientras me acercaba al estacionamiento, encontré que el parque estaba casi vacío. Había algunos autos, pero no muchos. Me imaginé que ahora que hacía frío, mucha gente no querría salir de excursión, lo cual fue una ventaja para mí porque no quería estar con otros excursionistas. No era una compañera segura para nadie en ese momento.

Una vez estacionado el vehículo, recogí el bastón de mi madre, hecho con un viejo palo de billar. Estaba en el asiento trasero, donde siempre lo tenía. Mi padre se lo había dado y siempre lo tenía con ella, probablemente como un arma. Me preguntaba si alguna vez lo había tenido que usar. Al enfrentarme con vampiros, pensé que ya era hora de mantenerlo cerca de mí. El regalo hecho en casa de mi padre para mi madre ahora adquiría un significado completamente nuevo.

Normalmente, cuando estaba con mis padres, pasábamos por el albergue y nos deteníamos en la tienda de regalos antes de salir, pero eso no estaba en mi agenda hoy. Al ver la puerta trasera, me dirigí directamente hacia ella y luego salí. Mi camino favorito era el que conduce a Lover's Leap, pero pensé que la tentación de usarlo podría ser muy fuerte para resistir. No hace mucho, tenía ganas de acabar con todo yo misma, entonces una punzada se apoderó de mí. ¿Quizás algo de la influencia de mi bisabuelo?

Recordé algo que leí en ese libro. No me gustaba. Mi bisabuelo parecía inspirar el suicidio dondequiera que fuera. No era una cobarde, pero olvidarlo parecía ser una opción agradable y fácil.

La luz del día me mantenía segura para estar sola y caminar. Quiero decir, los vampiros no salen durante el día, así que no estaba tan nerviosa como debería haber estado. Según mis observaciones, los vampiros parecían evitar la luz solar directa. El dosel de árboles me daba motivo de preocupación, pero por razones que no podía explicar ni siquiera a mí misma, me sentí obligada a continuar.

LaSalle Canyon era un área que aún no había visto y pensé que sería un excelente lugar para comenzar. El sendero que conduce a él, por supuesto tenía una parte con escaleras y caminos estrechos, pero ¿no es para eso para lo que sirven los parques estatales? Mientras deambulaba, noté que algunos copos de nieve habían comenzado a caer y gradualmente empezaron a descender en mayor cantidad. Mi niña interior se hizo cargo y saqué la lengua para saborear los copos de nieve mientras caían. Me reí y verifiqué que nadie estuviera mirando, ... pero alguien sí lo hacía.

La caminata hasta el cañón es de aproximadamente un kilómetro y medio, con escaleras esparcidas aquí y allá, aunque no muchas. Ya me sentía yo misma. Esto era exactamente lo que necesitaba. La Normalidad.

Justo cuando estaba a punto de ingresar al Cañón, en silencio junto a la cascada, noté una figura, oscura y sin temor. Congelada en el lugar, una parte de mí quería girar y correr hacia el otro lado, una voz me mantuvo atascada en el lugar. Venía de adentro de mí e hizo que mi corazón saltara. Esta vez no era el sentimiento habitual, diferente y discordante, sin embargo, era él. ¿No era así?

"Candra, te dije que me esperaras. Dije que vendría por ti, sin embargo, aquí estás, tan hermosa como siempre, como un ramo dulce que me llena... mi boca se hace agua por tu gusto. Ven a mí, amor".

Al escuchar solo sus palabras, me encontré acercándome más y más hasta que estuve al alcance de sus brazos. Kane estaba de pie bajo el dosel del acantilado, no directamente detrás de la caída, sino junto a ella.

"¿Por qué estás aquí, por qué me dejaste sola con mi tío abuelo y por qué no me hablaste de mi familia?". Estaba realmente molesta, traté de sonar molesta, pero luego otra parte de mí quería correr a sus brazos y sentir su toque. Había sido tanto tiempo. En ese momento, tuve un pensamiento. Allí en el suelo había un palo. Sólido, grueso, algo puntiagudo en uno de sus extremos. ¿Sería lo suficientemente fuerte para empalarlo? ¿Verlo estallar en llamas y desaparecer para siempre?

"Cada insulto que me lanzas", se acercó más. "Tal como te recordaba, dulce como la miel, pero perfumada como una rara rosa. Pronto serás mía y seremos uno para siempre". Podía sentir que mi presencia lo enviaba a un frenesí. No podía tener suficiente de mí. Inclinó la cabeza hacia atrás y respiró hondo y exhaló dándome toda su atención.

"Te anhelo intensamente". Tiró de mi cuerpo contra el suyo y puso su boca muy cerca de mi oído. Fríos como el hielo, sus labios acariciaron mi piel. Su emoción se elevó con la mía mientras inhalaba mi aroma. Mi corazón volvió a latir con fuerza en mi pecho.

"Kane, por favor...". Su intensidad hizo que fuera difícil concentrarme en cualquier cosa que no fuera él. "Lo digo en serio, detente".

"¿Por qué? Sé que te gusta esto. Puedo sentirlo. Tu...". gimió de placer, "... sangre está tan viva, tentadora, quieres esto Candra, puedo sentirlo".

Lo sentía, cada músculo hormigueaba de emoción.

"No te quiero a ti, ni a ningún vampiro, los desprecio a todos. ¿Por qué querría tener algo que ver contigo? Sabes quién mató a mis padres y no lo detuviste".

"Rompes mi paciencia. Ven, no hables de nada y quédate quieta. Estás arruinando todo".

Mi sangre empezó a hervir.

"Mis padres confiaron en ti, pidieron tu ayuda para salvarme de mi familia y estás empeorando las cosas. Deberías haber buscado a Timothy o Charles, o cualquier miembro de mi familia. Uno de ellos trató de matarte y consiguieron matar a mis padres". Lo empujé con fuerza; voló de regreso y golpeó la pared del cañón. Estaba asombrada de lo fuerte que me había vuelto, de repente me di cuenta de que la tercera marca había causado esto. Ahora sería tan fuerte como cualquier vampiro que me encontrara. Por un segundo me sentí segura, capaz de recuperar lo que era mío por derecho.

"Veo que has descubierto tu fuerza, pero confía en mí, no tendrás éxito Candra. Puede que tengas mi fuerza y mis capacidades, pero todavía no eres rival para tu familia".

"Oh, no sé sobre eso, te empujé lejos, bien para una chica, ¿no crees?". No eran las palabras de una guerrera, pero di a entender mi punto.

"Entonces, quieres jugar, ¿verdad? Bien, me gustan más los juegos, hacen que la sangre sea más placentera. ¿Eso es lo que quieres, una cacería? No te quería como presa, sino como alguien que encajara conmigo perfectamente, alguien que podría ser uno conmigo, para siempre, pero si insistes en esto, jugaré... aunque no por mucho tiempo, al final, tiendo a conseguir lo que quiero".

Enarcando una ceja ante su declaración, ahora me daba cuenta de en lo que me había metido, mi estómago se sentía revuelto y me sentí incómoda por todo el asunto. ¿Podría lograrlo? ¿Podría pelear contra él? ¿O solo sería su próxima comida? Al decidir que era mejor salir corriendo, despegué en un instante. Olvidé que ahora tenía sus habilidades, corrí a través de los árboles con tanta facilidad que todo pasó borroso. Kane, por otro lado, se quedó allí y miró. Se rió del nuevo juego y le interesó.

"Ah, Candr...señorita Rosewood, eres una tonta, pero eso está bien, no me importa un poco de recreo antes de la intimidad, una carrera antes de la cena. Será muy emocionante intensificar el deseo".

Me agradaba mi velocidad de vampiro, pensé que estaba en la recta final hasta que doblé la curva y lo vi esperándome.

"Maldita sea, ¿cómo...". Di la vuelta al circuito completo y regresé inmediatamente.

"Odio la indecisión en una mujer. Debes detener esto de inmediato". De nuevo se detuvo justo en mi camino. No pude evitar chocar contra él, enviándonos a los dos al suelo, conmigo encima de él.

"Ahora, de esto es de lo que he estado hablando todo el tiempo. Me alegro de que finalmente hayas recuperado el sentido".

Furiosa por mi incapacidad para dejarlo atrás, le di una bofetada. Me tomó del brazo con tanta fuerza que grité de dolor.

"No me vuelvas a pegar, o te haré desear no haber nacido nunca, ¿me entendiste?". Sus ojos eran diferentes. No los seductores azul cristal que amaba, ahora eran negros. Como el carbón. ¿Qué pasó con el Kane que me hacía llorar por él? ¿A dónde se fue? No me gustaba este Kane. De ningún modo.

Luchando contra el miedo que ahora se acumulaba dentro de mí, apenas mantuve mi ira bajo control.

"No soy tu juguete. Déjame ir o te juro que lo volveré a hacer".

Kane me atrajo a su pecho y me besó de lleno en la boca. Luché con todas mis fuerzas, pero fue en vano. Era algo diferente. El habitual sentimiento de pasión que engendraba en mí… nunca se presentó. Solo miedo.

"Eso es, Candra, sí, di que serás mía, muéstramelo". Ignoró mi lucha y solo dejaba helados rastros donde sus labios tocaban mi piel, abrió mi abrigo y expuso mi cuello.

"No te muevas, Candra, o lo empeorarás". Me dejó ir, pero no corrí. Ya lo había intentado y había fracasado miserablemente. Ahora era su presa. Lentamente se movió a mí alrededor, tomándome por completo. Evaluándome por así decirlo, pero esto es lo que hacen los animales antes de matar. Matar. La palabra en sí misma empezó a brotar de mis pensamientos. Estaba en la parte posterior de mi garganta. Esperaba ese momento para atacar, pero lo mantuve bajo control… apenas. Mientras hacía su ronda, se acercaba más con cada paso hasta que a centímetros de mí descendieron sus colmillos. Agudos. Blancos. No me di cuenta de que sus brazos se envolvieron alrededor de mi cintura, lo que me atrajo incluso más.

En voz baja, dijo: "Eres más hermosa de lo que jamás pensé. Tu corazón palpitante me emociona, ¿lo sabías? Su sonido es tan… lleno de vida, es delicioso". Inclinó mi cabeza hacia un lado para que mi cuello estuviera completamente expuesto. Yo temblaba. Su aliento, frío como el invierno, acariciaba mi cuello, mientras sus labios, suaves y frescos, se movían. Lento al principio, luego más fuerte, hasta que encontró la vena palpitante que lo llevó al éxtasis".

Gemí cuando su frío aliento hormigueó en mi piel. Me quedé muy quieta... y esperé, esperé el dolor que sabía que vendría, pero algo no estaba bien. Lo sentía. Traté de recuperar la compostura que me quedaba y me moví.

"No te muevas te dije, solo te dolerá más si lo haces".

"No, espera... esto... e...esto no está bien, ya lo has hecho. Lo recuerdo porque el Sr. Bennet me dijo que solo me quedaba una marca más". Lo miré. Algo en la forma en que me observaba me dio un toque de nerviosismo. Comencé a temblar, sus ojos se enrojecieron. Justo delante de mí, se transformó... ¿era Timothy, mi tío abuelo, o era Charles? No puedo estar segura.

Me di cuenta de que había tenido razón en mis sentimientos, desde el comienzo de este encuentro. Kane nunca me asustó. Quizás me hizo enojar y cautivarme, pero nunca llegó a aterrorizarme.

"Voy a tener que darte crédito. Eres más inteligente de lo que pensé que eras. Kane ha encontrado a su pareja perfecta. Lástima que no esté presente para reclamar su premio. No, es mejor así, él se ha ido, esto hace que matar sea mucho más fácil. Sé que aún no has recibido todas tus marcas, de hecho, te queda una. ¿Te gustaría pertenecer a tu tío Timothy?". Una genuina sonrisa se extendió por sus delgados labios.

Mi pulso comenzó a latir erráticamente ante estas palabras.

"Tal vez no te mate, tal vez...", sus ojos estaban rojos brillantes. "...te convertiré en mi sirvienta. Matar a Kane será muy fácil y luego no tendré que apresurarme. De esta manera, puedo saborear cada centímetro, cada momento, hasta que caigas en mis brazos".

"Tócame a mí o a Kane, y tu hermano Eldon, te matará".

"Me di cuenta de una cosa sobre ti. Hueles mejor que tu

madre. Incluso el sabor es mejor. Era más bien un capricho. Hubo algo en ella que no encajaba".

Aturdida por sus palabras, mi corazón se hundió.

"¿Quieres decir que no fue Charles quien mató a mis padres, después de todo?".

"No, pudo haber parecido, pero no. Yo lo hice. Basta de hablar ahora, me canso y me estás agotando con tus preguntas".

Debido a sus palabras, quise matarlo pero sabía que perdería. Su fuerza, aunque yo tenía la de Kane, era superior. Repetidamente en mi cabeza, grité por Kane. *¡Timothy me tiene!* Miré a mí alrededor pero no ocurrió nada.

"Maldita sea, siempre está como un cachorro que me sigue a todas partes, y cuando lo quiero cerca, ¡no está allí!". Sabía que estaba balbuceando, pero parecía que no podía detenerlo.

"Incluso si él estuviera aquí, ¿qué te hace pensar que te salvaría?". Su voz sonó fría.

Tenía que detenerlo, pero ¿cómo?

"¿Por qué mataste a mi bisabuelo? ¿Era realmente tan terrible?".

"Eres una chica curiosa, ¿no? No importa, sé lo que estás haciendo, pero lo dejaré pasar por un tiempo, luego ya no escucharé. Debes pensar que soy estúpido. Oh bueno, algo perdido. Para responder a tus patéticas preguntas, mi padre era prescindible. No le agradaba mucho. Supongo que eso se debe a que siempre me defendí, en ese entonces se veía a los niños y no se oían, así que lo maté".

"¿No sientes ningún remordimiento por lo que hiciste?". Bueno, esa es una pregunta increíblemente estúpida. Sabiendo que esta sería la última pregunta que podría hacer, traté de pensar en otras formas de detenerlo, pero no se me ocurrió nada.

Timothy se rió en voz alta.

"Eres tonta, ¿no? La idiota de la familia, has desperdiciado mi precioso tiempo, estoy aburrido de ti. Aunque, desperdiciar tanta belleza es un crimen, pero estoy seguro de que lo superaré".

Su voz... sin emociones, me heló. Yo sabía que tenía que mantenerme quieta.

"Kane estará aquí. No le gustará lo que estás haciendo". Antes de que pudiera terminar, Timothy me envió volando hacia atrás, a seis metros en el aire, golpeando mi espalda contra las rocas. Grité de dolor mientras aterrizaba en el frío suelo.

"Eres una imbécil. Quizás seas compatible con Kane, pero no eres nada en comparación conmigo. Me estás haciendo perder el tiempo. Tengo sed y si tengo que luchar por la cena, eso me enoja bastante. Tendré que machacarte un poco", dijo inclinándose para acariciar mi cabello.

"Después de que termine, todavía tendré tiempo para descargar mi enojo contigo. ¿Has arriesgado esto para qué, para detenerme? Candra, no me conoces. Cuando quiero algo, lo consigo, incluso si mi presa decide jugar. Significa que su muerte será mucho más espantosa. Deberías haberme escuchado desde el principio cuando te dije... que no te movieras".

Gritó sus gélidas palabras en mi cara. En ese momento, su mano agarró mi garganta y me tiró al suelo. Hice una mueca de dolor.

"No es divertido ahora, ¿verdad? Entonces, ¿dónde está tu Kane? ¿Te dejó para que yo recogiera los pedazos? Que considerado". Me jaló hacia él hasta que se colocó sobre mí.

Tenía que hacer algo. ¡Cualquier cosa! Entonces lo pateé lejos de mí, pero en cambio, logró bloquearme y agarró mi pierna torciéndola. Un dolor punzante me quemó con fuerza y me subió por la pierna hasta la cadera. ¿Era así como era morir? El terror puro se apoderó de mí mientras esperaba el final. A través de los ojos entrecerrados, vi sus... ojos rojos. Ansioso por acabar conmigo con tanto placer, pero aún no había terminado de luchar.

"¡Kane!", grité.

No sabía qué había pasado, pero Timothy salió volando hacia atrás. Me escabullí hacía una roca y vi que Kane lo había arrojado al otro lado del cañón.

"Sabías que era mía; lo sabías muy bien y aun así ignoraste mis advertencias. No será tuya para matarla. Tu parte en el legado no está con ella. Tu parte terminó cuando mataste a tu padre. Se terminó hace mucho tiempo".

"Ella tiene algo que yo quiero: su sangre. Cuando la mate, podré acabar con el patrimonio de su padre y de Charles en el legado Rosewood. La gente llegará a conocerme. Temerme".

Su batalla se turbio ante mí. Ambos se movían a velocidades muy grandes. En un momento, vi una enorme roca que parecía una bala de cañón, rompiéndose en un millón de pedazos cuando golpeó la pared. Timothy corrió hacia Kane, de nuevo era una masa de movimientos borrosos acompañados de los pocos segundos fugaces en los que uno de los dos estaba en el suelo. Los árboles enormes se rompían como palillos de dientes mientras luchaban. Traté de cubrirme de los escombros que se aproximaban, pero algunos de ellos todavía se dirigían hacia mí. Una rama afilada atravesó la manga de mi abrigo y se empaló profundamente en mi brazo. Sentí que la sangre escurría.

Timothy, distraído por el olor de mi sangre, levantó la cabeza y respiró hondo. Volvió a mirarme, su energía rejuvenecía mientras se preparaba para cargar. Su cuerpo cambió mientras se hundía en una rabia de hambre. Saltó sobre Kane, dio una voltereta en el aire y se colocó frente a mí.

"Hora de la cena". Me agarró del brazo y tiró de mí en un rápido movimiento. Este bastardo no iba a sacar nada de mí si podía evitarlo, le clavé las uñas en la cara y tiró con fuerza. Rugió de dolor, cubriéndose la cara por un momento, pero eso fue suficiente para Kane. Tomó un trozo de madera afilado del suelo y lo envió volando hacia la espalda de Timothy. Su rostro se puso blanco grisáceo. Sus ojos se abrieron con horror al ver lo que lo habían clavado. Retrocedí cuando él comenzó su caída hacia la muerte.

Kane encendió una cerilla y la arrojó sobre el vampiro muerto. Las llamas envolvieron el cuerpo de mi tío. El olor a ropa, tejidos, cabello y sangre llenó mis fosas nasales. No pude contener la bilis.

"Estás sangrando…". Cuando pensé que había terminado, me las arreglé para decir: "S… solo mantén la distancia". Con una pierna a punto de convertirse en gelatina y la otra recuperándose, traté de ponerme de pie, todo el tiempo sin apartar la vista de Kane. El dolor producido por la pierna que me había lastimado Timothy era mucho, pero no me atrevía a dejarlo acercarse demasiado. Con mi brazo todavía sangrando, no podía olvidar la mirada de lo que un vampiro es capaz de hacer cuando huele sangre. Es algo que no creo que pueda olvidar tan pronto.

Temblaba, quise llorar. Había visto suficiente violencia para el resto de mi vida. Las lágrimas brotaron y las gotas se deslizaron por mis mejillas.

"N… no me toques, aléjate". Agarré una piedra y la sostuve para defenderme.

"Candra, te acabo de salvar y ahora ¿quieres tirarme piedras? Déjalo antes de lastimarte, cariño. No te va a ayudar, especialmente cuando necesito una marca más para terminar lo que comencé".

Llegué a un acuerdo con el hecho de que no importaba lo que hiciera ahora, las cosas no cambiarían, me iban a marcar, lo quisiera o no. Una parte de mí quería que me marcara, que me mantuviera a salvo en un mundo que no entendía, la otra parte quería matarlo.

"Estoy tan harta y cansada de escuchar eso. ¿Por qué estás tan seguro? ¿Por qué me provocas con eso, alimenta tu ego?".

Empezó a acercarse y le tiré la piedra con todas mis fuerzas, golpeándolo en la cara. Una herida en su mejilla se curó instantáneamente. Kane sonrió.

"Te dije que no te iba a ayudar. Tú necesitas más pruebas". Se mantuvo firme con los brazos a los costados y esperó. "Sabes que eres bastante complicada. En un minuto me llamas, y luego estás irritada conmigo hasta el punto de tirarme piedras. Desearía que tomaras una decisión".

Agotada, me di la vuelta y me alejé cojeando, de regreso por el camino hasta mi auto.

"¿Qué, sin pelear? Me gustaría una buena pelea, especialmente con alguien tan hermosa como tú".

Me detuve en seco y lo enfrenté. "¿Sabes algo? Lloré por ti, así es, lloré por ti cuando me dejaste triste y seca. Pensé que me había vuelto loca, pero ahora puedo ver que soy una tonta. Eres patético, incluso para ser un retorcido vampiro. Si fueras humano, serías, al menos en mis libros, un idiota. Estás tan lleno de mierda. Dios, déjame en paz, ve a buscar a alguien más a quien marcar, he terminado contigo". Le di la espalda y continué el camino al auto.

"Candra, no es tan fácil. Cuando un vampiro quiere un sirviente, de cualquier manera, gana. No hay forma de escapar de mí, te haré mía".

De repente apareció frente a mí. Molesto, caminé alrededor de él, ignorando todo lo que acababa de decir. Luego cambié de opinión, regresé y le di una bofetada en la cara, a lo que me tomó de la mano y me miró con enojo.

"Nunca seré tu sirviente, ni de nadie. Déjame ir". Traté de liberar mi muñeca de un tirón, pero como de costumbre, no pude.

"Deja que te diga esto. No voy a dejar que me molestes". Dobló mi brazo hasta el punto de romperlo y lo mantuvo allí.

"Tú… me estás lastimando. ¡Déjame ir!".

"A mí me lastimas con tu rechazo, cariño. ¿Puedo sugerirte que cooperes un poco más, de lo contrario no seré tan amable la próxima vez que nos veamos, y nos veremos? Eso te lo prometo. Soy todo lo que se interpone entre tú y tu familia. Planean usarte para crear una dinastía de vampiros, una familia que tendrá más poder que cualquier otra". Soltó mi muñeca con fuerza.

"No pensé que los vampiros fueran capaces de herir sentimientos. ¿Por qué no terminas lo que ya empezaste, tres veces para ser exactos, para que yo pueda seguir adelante con mi vida?". Tenía la esperanza de que no lo hiciera, pero había elegido el momento equivocado para incitarlo.

"Me parece muy bien, Candra, si eso es lo que deseas. Esperaba un momento más agradable, cuando fuera más significativo para los dos". Puso su mano sobre mi boca. Debía haber adivinado que mis próximas palabras no serían agradables.

"En lugar de insultos, podrías intentar ser más afectuosa". Alejó su mano de mi boca, tomó mi mano y la besó.

Rápidamente limpié mi mano usando mi abrigo. "Preferiría no hacerlo si no te importa. Tu compañía tiende a darme náuseas".

"Creo que te dejaré en paz. Este no es el momento ni el lugar para hacerte totalmente mía. Sin embargo, espero que al menos seas cortés la próxima vez que nos veamos. ¿Sería eso posible?".

"No te hagas ilusiones; no estoy, como tú dices, abrumada por tu mal concebida noción de cortejo". Luego, en una especie de tono sarcástico, dije: "No puedo esperar a verte de nuevo… adiós". Lo dejé allí parada, pero en el fondo estaba agradecida por el indulto que me había dado.

13

Entré en el auto y cerré la puerta. "¡Oh, Dios, ¿cómo es que ese hombre, no, monstruo, me irrita tanto?!". Aunque debo decir que no me fue tan mal mantenerme firme con él. Mamá se habría sentido orgullosa de mí. Arranqué el motor y volví a la casa del señor Bennet.

Sin embargo, Kane no me dejó sola. Invadió mi mente con palabras de cariño, así que encendí la radio, subí el volumen y comencé a cantar para ahogar su voz. El sol había empezado a descender cuando regresé. Mi tío Eldon estaba en la puerta esperándome.

"Estuviste fuera mucho tiempo... ¡Estás herida! ¿Qué pasó?".

"Estoy bien, solo un par de vampiros destrozando el Parque Estatal, eso es todo. Simplemente estaba en el camino de los escombros que volaban. Voy a entrar a preparar la cena. ¿Quieres algo? No, obviamente no. Estás en una dieta líquida, ¿no es así, tío?".

"Candra, ¿Por casualidad te encontraste con Kane?".

"Sí, era uno de los vampiros que me encontré, y no, mejor puedo describirlo como un vampiro idiota. Sí, el idiota estaba allí junto con tu hermano, Timothy. Mi tío, tu hermano, intentó matarme". Lo empujé dejando al tío Eldon fuera de sitio.

Oí cerrarse la puerta principal. El Sr. Bennet se apresuró a entrar para averiguar qué había sucedido y si necesitaba atención médica.

"¿Son profundas tus heridas?". Trató de mirarme el brazo, pero lo empujé hacia un lado. Los cortes no eran profundos y mi pierna había dejado de doler durante el camino de regreso. Su preocupación solo me molestaba.

"La única herida profunda que tengo está en mi corazón y no puedes arreglar eso". A regañadientes, le dije, "estaré bien. No son profundas".

"Entonces, si no te importa, ¿puedes decirme por qué mi maldito hermano te quería muerta?".

"¿Quieres decir que no lo sabes? Pensé que lo sabías todo. Lo siento, estoy cansada, agotada de todos estos eventos dramáticos que siguen sucediendo en mi vida. Necesito un respiro y no importa a dónde vaya, simplemente entro en un capítulo completamente nuevo de sucesos aterradores. Quiero recuperar mi vida, pero eso no va a suceder, ¿verdad?". Golpeé una cacerola en la estufa. Respiré profundamente y traté de recuperar la compostura. Mi tío quería decir más, podía decirlo, pero sabía que si lo hacía, la cacerola sería un nuevo apéndice de su cuerpo, así que esperó a que me calmara. Sin mirarlo, continué. "Fui a caminar a Starved Rock, mis padres y yo solíamos hacer eso a menudo. Pensé que podría aclarar mi mente y averiguar qué tenía que hacer para mejorar mi vida, o eso pensaba. Cuando llegué a LaSalle Canyon, allí estaba Timothy. Se parecía a Kane. Tu hermano me hizo creer que estaba viendo a Kane. Solo me estremecí cuando me dijo algo que me devolvió el sentido común. Dijo algo sobre… que no debería moverme porque si lo hacía mi dolor empeoraría las cosas, algo por el estilo. Planeaba morderme, pero luego recordé lo que me habías dicho sobre las tres marcas. En resumen, una vez que me di cuenta de que no era Kane, volvió a ser él mismo". Hice una pausa, aún sorprendida y deseando no tener que revivir todo eso. "Para hacer esto breve y dulce, Kane llegó allí y lo mató… fin de la historia. Eso es todo lo que quiero decir. Más y me molestaré de nuevo, y tú no quieres eso".

"Bueno, me alegro…, me alegro de que estés bien. Déjame ayudarte con eso".

Se acercó al armario y sacó un poco de sopa, mientras yo sacaba el pan y comenzaba a cortarlo. Me di cuenta de que estaba ansioso por quitarme el cuchillo porque estaba cortando el pan de manera errática. Apuesto a que pensó que me cortaría el dedo o, peor aún, descargaría mis frustraciones con él. Un mejor juicio debió haberle dicho que mantuviera la distancia. Trabajamos en silencio y continuó durante toda la cena. Ninguno de los dos tenía ganas de hablar. Comí mi sopa mientras él me miraba. Irradiaba preocupación. No fue hasta que ambos fuimos al salón que comencé a hablar.

"Lo siento por ser tan cobarde. Sabes, cuando estaba, Dios, me da vergüenza decirlo, cuando andaba deprimida llorando estúpidamente por Kane. No le tengo miedo, sabes. Lo encuentro irritante".

"Tienes que recordar que él es mucho mayor que tú y en ese entonces los hombres hablaban de manera diferente con las mujeres. Sé que ha estado viviendo en el mundo moderno durante algún tiempo, pero, Candra, por lo que sé de él, es una persona decente, solo un poco errático al momento".

"¿Al momento? Por lo que he visto, lleva bastante tiempo arruinado; y piensas que lo superará".

"Haz algo por mí. Regresa y revive el momento en el que estabas deprimida, como dijiste, por Kane. Recuerda que no podías soportar no verlo y que realmente lo extrañabas. Recuerda el dolor que sentías por dentro, también era así para él al principio. Tengo que admitirlo, eres un poco más fuerte que él, creo que es por eso que te eligió para ser su sirviente humana. Además, olvidas que les prometió a tus padres que te cuidaría. Es un hombre honorable y va a marcarte como su mejor opción para tú protección".

"Esa es otra cosa, sirviente... Le dije rotundamente que nunca voy a ser su sirviente o de nadie, durante el tiempo que este viva. Esto ya no es la década de 1860, por el amor de Dios. Las mujeres tienen derecho a votar, ya no esperamos en casa a que nos digan qué hacer o pensar".

"Perdóname por decir esto, puedo entender tu enojo, pero no es así. No vas a ser su esclava, obligada a cumplir sus órdenes. Candra, es muy raro y un privilegio que se le otorguen estas marcas a uno. Kane no te está dando estas marcas por despecho. Él se siente realmente atraído por ti y cree que esta es la única forma en que puede protegerte. En este momento, eres muy vulnerable a los ataques de cualquier otro vampiro maestro que te quiera. Es solo cuando se da la última marca que ya no eres vulnerable a otros vampiros".

"¿Quieres decir que Timothy estaba intentando marcarme y no matarme? No, eso no está bien, Timothy quería matarme y admitió haber matado a mi mamá. Espera un segundo... ¿cómo es que de repente estás actuando como si yo debería estar feliz con estas marcas? ¿No fuiste tú quien trató de protegerme, de evitarlas en primer lugar y que...?", empecé a caer en cuenta el papel que jugaba el Sr. Bennet en este esquema de cosas.

"Veo lo que estás haciendo ahora, eres un conspirador, me enamoré de él, y tragué el anzuelo. Me hiciste pensar..., y fingiste que no podías...".

"No, espera, te estás haciendo una idea equivocada. Para decirlo brevemente, definitivamente estaba tratando de matarte, Timothy, es decir, no te di conceptos erróneos sobre mi ayuda. He sido fiel a mi palabra y acciones todo el tiempo. La única razón por la que he cambiado de opinión, por así decirlo, no estoy glorificando todo el tema de las marcas, es que solo les hago saber en mi mundo que es un honor estar marcado, aunque puedo entender tu versión de las cosas. También creo que te enfrentas a una pared de ladrillos, cuando se trata de luchar contra Kane en esto. No ganarás aunque creas que puedes vencerlo. Terminarás perdiendo. Entonces, creo que deberías pensarlo un poco".

Entendí lo que había dicho, pero debajo de esas palabras había una verdad oculta, que no me revelaría, al menos no todavía. Eventualmente lo descubriría, definitivamente sería su muerte cuando llegara el momento.

"Ya veo. Bueno, lo pensaré un poco.

"Es una decisión, pero una en la que no tienes mucho que decidir. Kane te quiere y te tendrá, sin importar cuánto luches. Me sorprende que te haya dejado empujarlo como lo has hecho. Sospecho que sus motivos son personales y que está tratando de ganarse tu afecto para mostrarte que no es una mala persona. Te han marcado tres veces, ahora eres parte de este mundo, me temo que para siempre. Aunque detestas al hombre, sigues en peligro de que otros vampiros, y es posible que no estén tan enamorados, como Kane. De verdad, lo pensaría un poco si fuera tú". Me miró, con humor pensativo y un poco cauteloso. Sabía que se preguntaba si le creía. Estoy segura de que ahora sabía lo que había estado haciendo todo este tiempo, pero le seguí el juego.

"Sí, me dijo eso, pero... es como si me estuviera rindiendo. Como si fuera débil, vulnerable y no soy nada de eso. Mis padres me convirtieron en una persona fuerte y autosuficiente".

"Eso es todo, no eres débil. Por eso te eligió Kane. Le has demostrado que eres mucho más que cualquier otro humano. Eres especial. Debo admitir que tenía mis dudas sobre él, todavía las tengo, pero creo que no, lo retiro, sé que sus intenciones son honorables, por tontas que parezcan en este momento".

Hice una pausa. "Así que se supone que debo estar feliz porque esta es la forma que ha elegido para protegerme, solo para que pueda terminar su enemistad con Charles. Bueno, está bien, si me preguntas. Estoy emocionada por completo, tío Eldon, completamente". Me levanté y salí de la habitación.

"¡Candra, espera, no es así!

Dándome la vuelta, lo miré. "Entonces, ¿cómo se supone que debe ser? ¿Eh? Dímelo porque realmente quiero entender cómo se supone que debo estar agradecida. De todas las mujeres, me eligió para ser su maldita sirvienta. No lo entiendo, tío Eldon, de verdad que no".

"Candra, él puede darte todo lo que tiene, posiblemente más. Tu marca final te permite volverte inmune a la voz de él o de cualquier otro vampiro, a cualquier orden que pueda darte e incluso a sus miradas".

Me detuve en seco. "Dilo de nuevo, lentamente".

"Dije, te vuelves inmune a su voz, sus órdenes y sus miradas, pero lo más importante también a todos los demás vampiros".

"Pensé que eso era lo que dijiste. Gracias por esta información, tío Eldon. Creo que iré arriba y pensaré un poco en lo que me has dicho. Buenas noches". Lo que me confundió ahora era esto... ¿por qué Eldon no había tratado de marcarme? Subí las escaleras rumbo a mi habitación. La conversación de la noche se repitió una y otra vez mientras me desnudaba y me metía en la cama. Había encontrado algo más también... y con facilidad caí en un sueño profundo.

14

Cuando desperté a la mañana siguiente, sentí como si los engranajes hubieran empezado a girar en mi cabeza, me había quitado un peso de encima. Regresé al estudio para buscar en los estantes cualquier otra cosa que pudiera ayudar.

Tengo que encontrar alguna información que pueda usar como arma o cualquier cosa que me ayude a prevenir otro ataque. Pensé. Hojeé libro tras libro, cada vez más impaciente, a medida que pasaban las horas.

“Esto es inútil; ¿por qué me molesto?, no tengo ni idea”. Me quedé inmóvil, mientras un estupor somnoliento se apoderaba de mí. Kane, u otro vampiro, trataba de llegar a mí, de nuevo.

“No está en los libros... ya lo tienes... y llegará cuando sea el momento adecuado”.

Me tambaleé vacilante sobre mis pies, mientras volvía lentamente a mí misma. Me preguntaba qué tenía ya y cuándo sabría que era el momento adecuado. La confusión encima de todo me había dado dolor de cabeza.

Frustrada por mi inactividad y con ganas de hacer algo, agarré mi abrigo, mi bolso y salí por la puerta. Corrí a hacia el auto. Estaba emocionada y al mismo tiempo asustada. Esto es lo que tenía que hacer para enfrentarme a Charles, Eldon y Kane, para recuperar mi vida. Al salir del camino de entrada, me pregunté cuándo intentaría Kane encontrarse conmigo de nuevo. En el pasado, siempre aparecía cuando menos lo esperaba.

¿Y si no estaba lista? ¿y si venía en medio de la noche cuando estuviera dormida para terminar de marcarme? Esta vez iba a ser yo quien lo encontraría, no al revés. Esta vez yo tendría el control. Era hora de tomar el asunto en mis propias manos y averiguar por Kane exactamente cuáles eran sus intenciones para mí y cuál era su plan para Charles y los otros vampiros de mi familia.

Me detuve frente a mi casa y salí. Lo que daría por volver a ser una niña pequeña, cuando la vida era más fácil y los vampiros eran algo sobre lo que leía en los libros. ¿Quién hubiera pensado que sería hija de uno?

Por un minuto me quedé mirando alrededor, Kane no estaba aquí. Mi estómago gruñó un poco, así que conduje hasta el restaurante. Necesitaba, aunque solo fuera por un corto tiempo, estar rodeada de normalidad. No estaba muy lleno y encontré un lugar para estacionar en frente. Al salir, me encontré con una sensación inquietante en el estómago. Sabía que no era hambre. Más como un vicio alrededor de mi diafragma. Agarré la manija para evitar volar. El dolor se intensificó y sentí como si me fuera a desmayar. La mesera me vio y vino en mi ayuda. Me preguntaba si alguien sabía que la otra mesera estaba muerta y si esta, que mayor y con suerte más sabia, terminaría también siendo un vampiro.

"¿Estás bien, cariño? ¿Hay algo que pueda hacer por ti?". Tenía una expresión de genuina preocupación en su rostro y me consolé al saber que finalmente alguien se sentía realmente preocupado por mí.

"No, creo que estaré bien. Déjame sentarme y si puedes traerme un vaso de agua, por favor". Ella me ayudó a entrar al restaurante, me tropecé con una mesa. El dolor parecía haber disminuido por el momento y me pregunté si algo andaba mal conmigo, o tal vez... solo era el estrés de las últimas semanas.

Pedí sopa, un sándwich y un té helado. Eso parecía ser bastante insulso. Una mujer, de la misma edad que mi madre, se acercó y se presentó.

"Hola, debes ser Candra Rosewood, ¿verdad?".

"Sí, sí lo soy".

"Solo quería decirte cuánto lamento escuchar sobre la muerte de tus padres, debe haber sido horrible para ti. ¿Han averiguado lo que les pasó?".

"Bueno, no exactamente. Tengo una idea, pero nada sustancial. Tal como está, la muerte de mis padres se debió a causas naturales. ¿Cómo los conoce?".

"Oh, tu madre y yo fuimos compañeras. Fuimos a la secundaria juntas. Estaba tan molesta cuando leí en el periódico sobre sus muertes, pero discúlpame, ¿quieres?, aquí estoy hablando, sin pensar cómo te sientes con el luto. Lo siento si te he molestado".

"No, no está bien de verdad. Ya lo he aceptado, al menos por ahora. Mi casa...".

"Sí, alguien me habló de eso. Dijo que una fuga de gas debió haber sido la causa. Segura que has tenido tu tiempo con tan mala suerte, ¿no es así?".

Asentí automáticamente con la cabeza. "Sí, se podría decir eso. Si no le importa, ¿puedo hacerle una pregunta?".

"Claro, adelante cariño. No estoy segura de poder darte la respuesta que quieres, pero puedes intentarlo".

"Bueno, mis abuelos, ¿los conoció?". Esperaba que lo hiciera ya que había conocido a mi madre en la escuela secundaria, así que crucé los dedos con fuerza.

"Tus abuelos maternos murieron hace años, en un accidente automovilístico, justo antes de que tus padres se casaran, ¿o te refieres a los padres de tu padre, Charles y Prudence Rosewood?

Bueno, solo los conocí una vez y eso fue hace mucho tiempo. No estoy segura, pero creo que se mudaron fuera del estado, pero podría estar equivocada. Mi memoria no es tan buena como solía ser, ¿comprendes?".

"Claro, pero ¿tiene alguna idea de adónde fueron? ¿A qué estado?".

"¿Quieres decir que no lo sabes? Es muy triste cuando las familias pierden el contacto. Bueno, déjame ver, no, no puedo decir que esté segura. Recuerdo a tu madre diciendo que se habían jubilado y le habían dado la casa a tu padre. Lo siento, ¿era algo importante que necesitabas saber? Me sorprende que no vinieran al funeral o tal vez no supieran", dijo, algo horrorizada por la idea. Su voz era tan suave y dulce que quise abrazarla, pero me guardé ese pensamiento para mí. No quería asustar a esta mujer.

"Mis padres nunca hablaron de su familia. Sin embargo, gracias por tu tiempo. Lo aprecio". Me levanté de la mesa y pagué el almuerzo. El dolor parecía haberse ido. Supuse que el estrés y tal vez el hambre habían sido la causa.

Afuera, el día parecía haberse enfriado y sentí como si acabara de golpear una pared de hielo. Entré en el auto, el cielo se oscureció mientras conducía por la calle. Al encender la radio, presioné el botón de la estación meteorológica… nada. Intenté una vez más… nada.

"¿Qué diablos le pasa a esta radio?". Salí de la ciudad y me alejé de la pequeña comunidad, de la que nunca había formado parte. Agitada, golpeé el tablero con el puño, sin prestar atención al lugar al que iba, el auto chocó contra algo.

"¡Oh Dios mío! ¡Oh Dios mío!". Lo que había golpeado rebotó en la parte superior del auto y luego cayó. Me detuve y miré por el espejo retrovisor. Alguien yacía en el camino. Jadeé, salí del vehículo, corrí hacia la persona. Era una mujer, pero lo que despertó mis sospechas era que vestía de manera extraña, como si el clima no la molestara en absoluto.

"¿Qué diablos...?". Me agaché para ver si la mujer todavía tenía vida, cuando una ráfaga de viento envolvió sus brazos helados a mi alrededor. Por alguna razón, comenzó a formarse una punzada de miedo. Esto me puso nerviosa porque sentí como si alguien intentara apartarme. Decidí regresar al auto, y conducir tan rápido como podía. Confiando en mí instinto, corrí y entré. Mi pulso se aceleró mientras miraba por encima del hombro. La mujer se había ido. El pánico se alborotaba dentro de mí y todo lo que podía pensar era en largarme de aquí y rápido.

"Está bien, definitivamente algo está mal aquí, pero no quiero saber qué es". Giré la llave, pero el encendido no funcionó, la batería se había agotado.

"¡Genial, simplemente genial! La batería está muerta, estoy aquí en esta carretera desierta, a kilómetros de cualquier lugar y he golpeado a una persona que acaba de esfumarse". Miré alrededor. Una sensación de ser observada se arrastró a través de mí.

"¿A dónde vas, Candra?". Una voz, inquietantemente suave, penetró el auto desde el exterior. Incapaz de resistir el impulso de mirar, volví la cabeza bruscamente hacia el asiento del pasajero. Me encontré cara a cara con la mujer que había estado tirada en el camino detrás de mí. La había visto antes, en el cuadro de la casa de mi tío.

"¿Cómo entraste y quién eres?".

La mujer me miró a los ojos. "¿Alguien de tu pasado, no me conoces, Candra? Yo te conozco". Sus palabras, como una especie de electricidad, me sorprendieron, enviando impulsos a través de mi cuerpo. Entré en modo de pánico.

"¿Lo...lo siento? Si me disculpas, ¿tengo que irme? Intenté girar la llave de nuevo, pero nada. Un dolor, débil, pero cada vez más fuerte, se instaló en mi estómago.

"Candra, me sorprendes. ¿No puedes adivinar quién soy? Soy tu abuela". Su mano se acercó y tocó la mía. Estaba fría, como cuando Kane me tocó, nada reconfortante. No estaba recibiendo ningún sentimiento cálido de este miembro de mi familia.

"No puedes ser mi abuela". Intenté moverme con más fuerza, descubrí que el dolor comenzaba a extenderse y empeoraba.

"Oh, pero lo soy. Estoy aquí para advertirte que si continúas tu asociación con Kane, pondré fin, no solo a él, sino también a ti. Él no es de nuestra familia y tú lo eres. Perteneces a nosotros, no a los de su clase".

No entendí qué quería decir con los de su clase.

"Es un vampiro como tú, él...". El auto empezó a moverse por propia voluntad.

Respiré profundamente y jadeé al intentar el otro respiro, pero tuve problemas para hacer entrar aire en mis pulmones. Presa del pánico, me agarré al volante, mientras el vehículo aceleraba a gran velocidad. Frenéticamente, traté de apagar el motor pero descubrí que no estaba encendido. El dolor se intensificó.

"Oh Dios mío, ¿qué estás haciendo?". Quería agarrarme el estómago, pero la velocidad del auto llegó a 130 y luego a 150 km por hora y aumentaba constantemente. Tuve que hacer todo lo posible para no golpear con nada, sin embargo, el dolor aumentó tanto que me sentí mareada y al borde de desmayarme.

Oh Dios, por favor no ahora, mantente enfocada, mantente enfocada.

"Por favor, tienes que detener esto. No creo que pueda conducir más". Rápidamente la miré. El miedo brillo en mis ojos.

"Asegúrate de obedecerme, si quieres vivir, Candra". Al igual que Timothy, sus ojos se volvieron muy negros. Sus uñas, tan limpias que cuando me había tocado antes, ahora eran tremendamente largas y puntiagudas.

"¡Tienes que detener el auto o moriremos las dos!".

Riendo a carcajadas, respondió: "¿Ambas moriremos? Ya

estoy muerta, pero tú no. Sabes qué hacer para vivir. Prométemelo, Candra; prométeme ahora mismo que olvidarás a este Kane". Trazando mi rostro a lo largo de la línea de la mandíbula con su uña presionó más fuerte, obligando a la piel a abrirse y sangrar.

"¡Lo prometo, lo prometo! Solo detén este auto. ¡Ya no puedo controlarlo!". El vehículo, fuera de control, se balanceaba de izquierda a derecha, casi golpeando los árboles que se alineaban a ambos lados de la carretera.

"Bien, entonces haré lo que quieras". Al levantar su mano, el auto redujo considerablemente la velocidad y se detuvo a pocos centímetros de un árbol.

"Recuerda, Candra, dejarás en paz a este Kane", se fue. Conmocionada y molesta, me derrumbé y lloré.

Se me ocurrió que si era mi abuela, simplemente advertía a la persona equivocada. Debería estar advirtiendo a Kane. Él es el que no me dejaría sola, no al revés. Lo que deseaba más que nada en este momento es que me dejaran en paz, pero de alguna manera no pensé que eso sucedería. De alguna manera, me había convertido en un peón en un juego que no entendía. Timothy me había querido muerta porque me interponía en el camino de algo que él quería. Luego estaba Kane, quien estaba comprometido a mantenerme con vida porque se lo había prometido a mis padres. Sin embargo, Kane también quería vengarse de mi familia. Entonces, ¿qué me hacía tan importante para todos ellos?

15

No había prestado atención a la hora, pero el sol casi se había puesto cuando pasó mi experiencia cercana a la muerte y pude conducir a casa. Giré la llave lentamente y el auto arrancó de inmediato, funcionando como debería. El motor no aceleró ni despegó solo. Lo puse en reversa y retrocedí por el borde. Una vez enderezado, lo puse en marcha y me dirigí de regreso.

"Está bien, regresa a la casa de tu tío; no pienses en otra cosa que en llegar a casa". Mantener una velocidad razonable, era mi objetivo… volver en una sola pieza y dirigirme directamente a mi habitación… sin el interrogatorio de mi tío.

Más adelante vi los pinos que rodeaban la casa.

"Casi llegamos, solo unos metros más y estaré en casa, a salvo". Esas palabras fueron como música para mis oídos. Giré a la derecha en el camino y pasé la pared de árboles. Estaba oscuro y las luces de la casa estaban apagadas.

"Oh, por favor, no otra sorpresa. No puedo soportar más sorpresas, realmente no puedo". Apagué los faros y el motor. Cuando salí, nada parecía fuera de lugar, así que me dirigí con cautela hacia la puerta. Lo que más me preocupa ahora mismo es que algo estuviera pasando adentro. Sin un arma que me ayudara, oré por fuerza. Decidí no llamar a Kane.

Todo estaba inquietantemente silencioso, permanecía tranquilo, o eso creía.

"¿Y si esto es un sueño?". Tomé un poco de piel entre mis dedos y me pellizqué con fuerza.

"¡Ay! Está bien, entonces no estoy soñando". Cerré la puerta y entré. La casa se sentía fría como el hielo, lo que era extraño porque mi tío siempre había mantenido la casa caliente para mi comodidad.

"¿Hola? Sr. Bennet, tío Eldon, ¿estás en casa? ¿Por qué hace tanto frío aquí? Tío, ¿dónde estás?". Caminé de puntillas en la oscuridad hasta que encontré el interruptor de la luz. Fui a encender las luces… nada.

"Oh … no otra vez, por favor no otra vez". En el interior, la casa estaba tan negra como el cielo exterior. Me esforcé por concentrarme mientras pasaba por la escalera. Miré hacia arriba, pero decidí que sería un gran error subir las escaleras en la oscuridad y seguir adelante. Por lo que podía sentir, no pasaba nada; ningún trastorno de ningún tipo, pero aun así, sentí que algo andaba mal.

Un fuerte ruido proveniente del sótano me dio una razón para congelarme. Escuchaba atentamente más ruidos, traté de pensar en lo que podría usar como arma, por si acaso. Escuché pasos provenientes del sótano. En la oscuridad, mi mano se extendió y encontró el sofá. Me escondí detrás de él… y esperé. La puerta del sótano crujió inquietantemente. Los pasos seguían acercándose cada vez más mientras se dirigían al salón donde me escondía. Al escuchar, contuve la respiración, tratando de no gritar hasta que estuvieron a mi lado. Balanceé mi bolso con fuerza y se conectó con algo o alguien. Un fuerte grito resonó en la habitación y arremetí.

"¡Detente! Candra…, maldita sea… ¡Candra! Ven aquí, te digo".

Al darme cuenta de quién era la voz, me detuve. Cuando finalmente se encendieron las luces, vi que había golpeado a mi tío.

"¡Oh, lo siento mucho!". Realmente no lo sentía. Se lo merecía. "¡Pensé que eras un ladrón! ¿Por qué estaban apagadas las luces?".

"Bajé las escaleras porque... ¿con qué me golpeaste?", dijo frotándose la pierna.

"Te golpee con esto". Y levanté mi bolso.

"¿Qué tienes ahí? ¿Un ladrillo? El fusible se había fundido, así que bajé a arreglarlo". Se le había formado un moretón del tamaño de una moneda en la espinilla.

Me senté y lo vi tocar su espinilla con cautela. Se sintió bien haberlo golpeado con fuerza y en un lugar donde apenas la grasa cubría el hueso. Una sonrisa apareció en mi rostro.

"¡Listo, como nuevo!".

"Entonces, Candra, ¿qué has hecho en todo el día?".

"No quiero hablar de eso contigo. Solo se convertirá en una larga discusión y no estoy preparada para ello. Entonces, si me disculpas, creo que lo dejaré, con suerte dormiré un poco. Buenas noches, tío Eldon".

"Así que supongo que no fue tan bueno, entonces". No respondí y quedé feliz de que decidiera no seguir adelante.

"Buenas noches, Candra". Probablemente, solo por el sonido de mi voz sabía que algo había sucedido, lo descubriría tarde o temprano. Decidí que más tarde me convenía mejor. Él podría haberlo sabido ya. Además, pensé que tal vez podría estar trabajando con la mujer que ahora creía que era mi bisabuela paterna, su madre.

Arriba, en mi habitación, me senté en el borde de mi cama y miré por la ventana. La luna brillaba ahora, las nubes se habían disipado y un rayo de luz, como los dedos de un fantasma, fluían desde las ramas del roble. Estaba fuera de mi ventana.

"Está bien, ¿qué debo hacer? No soy del tipo asesino, pero no puedo dejar que sigan aterrorizándome, ¿o sí puedo?".

Recordé lo que la mujer, mi bisabuela, me dijo y eso me pesó mucho. Demasiado exhausta para pensar más, me desnudé y me acurruqué en mis mantas. Dejé la luz encendida, me dije a mí misma por razones de seguridad, pero en realidad, solo me comportaba como una niña pequeña. No es que la luz eléctrica detuviera a mi familia o a Kane, pero me hacía sentir más segura. Fue un sueño profundo. Uno muy necesario, un sueño que jugaba en mi cabeza... o eso pensé. En mi sueño, miré hacia arriba y lo vi. Se paró a los pies de mi cama... vigilándome.

"Te dije que volvería. No me creíste, Candra".

Caminó lentamente hasta el lado de mi cama y se inclinó, cerca de mi oído. "Candra, es el momento".

Me revolví un poco y me di la vuelta. "Candra...".

"Vete, tío Eldon, no quiero discutir contigo y contigo tampoco abuela... déjenme...", y me volví a dormir.

El sueño continuaba. Se arrodilló a mi lado y acarició suavemente mi mejilla. Sus dedos fríos dejaron sus rastros helados, despertándome, mientras los ojos se abrían para ver lo que quería. La llama ardiente que vi en sus ojos me sorprendió.

Inmediatamente, puso su dedo sobre mis labios y dijo: "Silencio, no debes hacer ruido. Es el momento, Candra. Siento que ha llegado la hora y no podemos esperar más. Ven".

Mientras me ponía de pie, su actitud me tranquilizó. Dio un paso adelante y me abrazó con fuerza. Los contornos de su delgado cuerpo se amoldaban perfectamente al mío y era como si estuviéramos hechos el uno para el otro.

"Hueles maravilloso, más que nunca, sí, es el momento adecuado". Su mirada cayó a la cremosa extensión de mi cuello. El toque de sus fríos labios contra mi piel fue más de lo que podía soportar. Mi corazón dio un vuelco y mi pulso se aceleró con cada toque. Cerré los ojos gimiendo de placer.

Me susurró, su aliento frío contra mi piel. "Veo que eres más receptiva a mis avances, lo cual es bueno, muy bueno en verdad". Sus brazos me rodearon, una mano en la parte baja de mi espalda, la otra manteniéndome cautiva en su frío abrazo. Mi deseo provocado por su naturaleza convincente alimentó mi curiosidad y mi cuerpo se excitó. Besó el palpitante hueco de mi cuello enviando pequeñas, pero poderosas sacudidas de éxtasis en cascada por todas partes. Mis rodillas se debilitaron. Gruñidos bajos y guturales sonaron en su garganta mientras deslizaba mi camisón por mi hombro. Agitó mi pasión y pude sentir que la suya se fortalecía. El toque de sus dientes en mi piel me hizo jadear. Sabía que si lo dejaba continuar, este sería el final. Debía haber querido que se detuviera, pero me hizo sentir tan viva que no pude resistirme.

Los labios que acariciaban mi piel ya sensible dieron paso a una nueva y excitante emoción. La anticipación prolongada era casi insoportable. La seducción parecía ser su fuerte, como con la mayoría de los vampiros, pero esto... nunca experimenté tal... su lengua enviaba escalofríos de deseo corriendo a través de mí mientras saboreaba suavemente mi piel. Cuanto más aumentaba mi deseo, más podía sentir aumentar su sed, casi insaciable. Jugamos con los impulsos y las emociones del otro, convirtiendo nuestro éxtasis en una pasión incontrolable.

Se llevó la muñeca a la boca y mordió. La sangre manaba de la herida y le cubría la muñeca como terciopelo rojo. Su olor me llamó la atención y lo agarré del brazo. El olor era tan abrumador, tan increíblemente delicioso para todos mis sentidos que inmediatamente comencé a succionar y lamer la herida. Kane se estremeció incontrolablemente mientras decía las palabras de mi cuarta y última marca.

"Sange din sangele meu, carnea mea de carne si oase, doua minti, unsingur trup, doua suflete sa alaturat ca unul". Había terminado. Era eternamente suya.

Me levantó en sus brazos y me colocó suavemente sobre la

cama. Olvidé todo lo que había planeado hacer y sucumbí a su necesidad de mí.

Habían pasado horas cuando desperté de mi sueño. Kane, que estaba a mi lado, todavía dormía. No sintió que me alejara de la cama, miré por encima del hombro hacia donde él yacía, increíblemente impresionante, pero estaba esa parte humana de mí que quería odiarlo. Me preguntaba cómo podía ser eso. Y si mis padres habían sabido cómo me mantendría a salvo el resto de mi familia.

Había luchado para conquistarme, había luchado contra Timothy por mí. Me tentaba de formas que nunca supe que existían. Eran estimulantes. Parecía tan en paz mientras dormía. No es un monstruo en absoluto... solo es amoroso. Hermoso. Inocente también. Recordé su toque en mi cuerpo, el dolor y el éxtasis de su posesión. Su pasión por mí hizo que mi cuerpo doliera una vez más. Tal atracción sería peligrosa. Tenía sus inconvenientes, pero ahora todo se intensificaba, incluso el amor, no podía resistirme a él, ni podía volver a cómo eran las cosas. Tenía que seguir adelante.

Kane se despertó y vi un cambio notable. "Vuelve a la cama, amor; ven y calienta mi corazón de nuevo". Levantó las mantas, vi lo magníficamente proporcionado, delgado y duro que era su cuerpo. Me cautivó lo que vi y traté de que no me sorprendiera mirándolo, pero no podía apartar la mirada. Algo sobre él me llamó. Era demasiado fácil perderse en la forma en que me miraba y la necesidad que vi en sus ojos. Me dejó sin aliento porque no pude resistir el amor que nunca supe que existía hasta este momento.

Sonreí. "¿Calentar tu corazón? Es irónico, viniendo de alguien tan frío como el hielo". Sentí el poder que se enroscaba dentro de él mientras me acercaba. Todo sobre él ahora era mío para poseerlo. Me detuve en el borde de la cama y esperé.

Me tomó todas mis fuerzas contenerme y no devorarlo allí mismo. "Entonces, ¿cómo voy a calentar tu corazón?".

Su mano se deslizó por mi brazo y se apretó alrededor de mi muñeca, tirándome suavemente hacia él, de regreso a la cama.

"Qué memoria tan corta tienes. Déjame refrescarla", sonrió. Al reclamar mis labios, me aplastó contra él con tanta urgencia que sus besos enviaron nuevas espirales de éxtasis a través de mí.

De repente, me di cuenta de que aunque le había dado todo, toda la pasión que tenía y el amor que no conocía, sentía que él hacía lo mismo por mí. Todo el asunto de los sirvientes y los vampiros, ahora era ignorado. Lo era y esperaba que siempre él fuera mi único amor.

16

Encontré al tío Eldon en su estudio, sentado en su silla de cuero. La primera tormenta real del invierno rugía afuera, la Madre Naturaleza arremetía con todo. Era un espectáculo extraordinario. La tierra, ahora bellamente vestida de blanco, escondía todo el desorden que había traído consigo. Observé cómo el humo salía de su pipa y se abría paso por el aire.

"Buenos días, o ¿debería decir, tardes?". Me paré en la puerta. Me di cuenta de inmediato que lo sabía.

"Él lo hizo, ¿no? ¿Cuándo? Anoche, tuvo que haber sido".

"No entiendo por qué estás tan molesto; esto era exactamente lo que querías. A menos que te hubiéramos despertado, si ese es el caso, supongo que lo siento". Mi inocencia era simplemente una cortina de humo para lo que vendría. Quería herirlo, arremeter y vengarme aquí y ahora.

"Tienes razón. Solo dije que deberías haberlo pensado un poco y que esto eventualmente sucedería, supongo que no quería pensar que lo harías. Pensé que lucharías contra él. Si esto es lo que elegiste, que así sea. Sin embargo, lo que me molesta es que eligió hacerlo en mi casa, un lugar donde aborrezco este tipo de comportamiento".

"Déjame aclarar esto. Me has estado diciendo, una y otra vez, que si decidía pelear contra él, perdería. Tú mismo lo dijiste, y lo cito, *"cuando un vampiro ha elegido al que quiere como sirviente, nada lo superará"*. ¿Esas fueron tus palabras exactas? Desearía que te mantuvieras en una historia. No necesito que contribuyas a la confusión... a menos que ese fuera todo tu plan desde el principio". Lo tenía ahora, podía escuchar sus pensamientos, no de manera coherente, pero descubrí que cuando se levantaba o estaba estresado, su mente zumbaba como loca.

"Entonces dime, ¿te disgusto por lo que pasó en tu santuario olvidado de Dios?".

"No dije que me disgustara, dije que me molesta el lugar donde elegiste tener tu marca final".

"¿Dónde está ese estilo familiar tuyo que me hizo pensar que te importaba, tío?". Añadí con una leve sonrisa de desafío.

"Nunca dije que no me importaras, Candra. Sabes que mi único pensamiento era tu felicidad y seguridad".

"O, la persona que seguía diciéndome que debería pensarlo un poco, recuerda, tú mismo dijiste que una vez terminado, ya no sería controlada por él, ni por ningún otro vampiro, incluyéndote". Ese zumbido se estaba volviendo intenso. Había tocado un nervio.

Podía ver que su paciencia se agotaba y cada vez que hablaba, poniéndolo a prueba, se ponía rígido como si lo hubiera perforado. Sí, mis palabras hacían exactamente lo que quería... que dolieran.

"Dije eso y parece que decidiste no confiar en mí. ¿Necesitas que te felicite, porque parece que necesitas algún tipo de reconocimiento de mi parte".

Noté que su respuesta tenía un toque de impaciencia. "Sin embargo, estás equivocado; no me importa ser controlada por él, porque no es con su mente que lo ves". Entré, toqueteando los libros a medida que avanzaba, sin prestar atención a los títulos. Era solo algo para pasar mi tiempo, mientras me deleitaba con mis nuevas fuerzas.

"Oh, y no me he olvidado de mis padres. Mi venganza no ha terminado. De hecho, recién empieza".

"Recién empieza, ¿qué quieres decir con eso?". Se puso de pie y me observó hojear cuidadosamente las páginas del álbum Rosewood.

Volví a colocar el álbum con cuidado. "Créeme cuando digo esto. Todos los vampiros involucrados en la muerte de mis padres van a sufrir".

Extendió la mano hacia mí y esta fue lanzada a las estanterías detrás de él. El ruido resonó en el pasillo. Vi a Kane entrar a la habitación sonriendo.

"Ella es una obra de arte, mi niña, ¿no es así Eldon?".

"Te diré esto, es algo a lo que debes prestar atención; antes que nada, no me vuelvas a tocar; en segundo lugar, tan solo has visto lo mínimo de lo que puedo hacer. No quieres saber el resto", lo miré.

Vi su sorpresa escrita en su rostro. No tenía idea de cómo me había convertido en mucho más de lo que esperaba.

"Los sirvientes humanos no suelen tener tal poder, tanta fuerza como la tuya a menos que...". Su rostro se quedó sin expresión por completo.

"Sí, ahora tú también lo sabes. ¿No es grandioso? Nunca pensé que esto pasaría. Si lo hubiera sabido antes, habría buscado a Kane y le habría rogado que me llevara. Es tan delicioso. Me temo que hicimos un desastre en tu habitación de invitados, pero estoy segura de que no te importará. Vamos a llamarlo venganza por lo que hiciste que Charles le hiciera a mi casa y el papel que desempeñaste en la muerte de mis padres. ¿De acuerdo?". Él asintió tímidamente.

"Ya me lo imaginaba. Ahora, si me disculpan, alguien necesita mi atención y, francamente... ahora es mi familia". Le sonreí a Kane y salimos de la habitación. La puerta se cerró por sí sola y, a lo lejos, oímos un grito que salía del estudio. Unos segundos más tarde, el sonido atronador de una puerta que se abría con fuerza... resonó.

Nos siguió y cuando finalmente habló, sus palabras fueron frías. Su voz diferente, no la habitual.

"Te quiero fuera de mi casa". Cuando la última sílaba escapó de su boca, la puerta principal cedió, rompiéndose instantáneamente, enviándome de espaldas al suelo justo afuera. Kane, en un rápido movimiento, me levantó y nos fuimos.

Corriendo a una velocidad incomprensible para cualquier humano, el paisaje pasaba borroso a mi lado, sin embargo, no veía señales de que Kane se estuviera moviendo. Subió una pendiente empinada conmigo en sus brazos, junto a la carretera; fue allí donde vi un granero, que estaba desocupado. Buscamos refugio por el momento y esperamos a que amainara la tormenta. Los elementos eran brutales y nunca en todos mis días había visto un clima tan cruel y me pregunté si algo más no lo habría causado, algo antinatural.

Al entrar en el granero, parecía como si alguien lo hubiera conservado bien y no debía haber sido tan viejo como yo pensaba. El viento afuera aullaba con fuerza. Trozos de nieve caían por las grietas y pulverizaban el suelo de tierra enmarañada. Kane recogió trozos de paja y virutas de madera que había reunido dentro y los amontonó en un pequeño montón. Agachándose, colocó las manos sobre la pila como si las calentara. Goteando, vi una pequeña película de humo, segundos después un pequeño fuego, luego un resplandor. Recogió más paja y la colocó sobre el fuego creciente. Sentado cerca del calor traía tanta calidez y recuerdos también. Siempre veía cómo las llamas bailaban entrando y saliendo de los troncos. Las escuchaba crujir y chasquear, mientras trozos de brasas flotaban hacia arriba y fuera del techo. Me dio tiempo para pensar.

"Candra, tengo hambre. No he cazado por un tiempo. ¡Maldición! Me he mantenido alejado de la sangre humana durante tanto tiempo debido a tus tíos... Debería haberlos dejado morir. Debería haber dejado que Timothy los matara a todos, entonces no estaría en esta situación".

"¿Alguna vez me vas a contar todo, Kane, o tengo que adivinar? Timothy no mató a mis padres, ¿verdad?".

"Estoy seguro de que fue él. Tus padres habían estado nerviosos por un tiempo. Podían sentir que su familia los estaba vigilando. Timothy, por otro lado, tenía una obsesión con tu madre, sería muy propio de él hacer eso. No sé, Candra, mi instinto dice que sí, pero se sabe que miente para conseguir lo que quiere. Es muy bueno en eso".

"Lo he visto. Dime, ¿dónde entras en esto Kane?".

"He estado en busca de venganza por un largo tiempo, Candra, por eso me he mantenido cerca de tu familia, no como tú padre, que siempre se mantuvo apartado de ellos. Vivió aquí, solo en la casa de la familia, y comenzó a construir una vida. Asistió a la escuela secundaria, conoció a tú madre y se enamoró.

"Él era un vampiro, ¿cómo sucedió eso?

"Él nació de padres vampiros, es cierto, pero hasta que bebió sangre, fue humano, para todos los propósitos. Tu familia no lo dejaría en paz y mataron a tus abuelos maternos y amenazaron la vida de tu madre. Fue entonces cuando hizo un trato con ellos.

"¿Qué trato y por qué mis padres no me dijeron nada de esto?".

"Creo que tenían la intención de hacerlo, pero por lo que me dijo tu padre, estaba planeando traicionar a su familia y desaparecer contigo y tu madre a Europa. Tus padres te enviaron lejos y me encargaron cuidar de ti.

"¿Cuánto tiempo has sido mi guardaespaldas en secreto?".

"Solo durante los últimos dos años, mientras terminabas la

escuela, me mantuve cerca de tu tío Eldon y cada vez que se acercaba a ti, yo lo alejaba".

"Quiero saber, con seguridad, si fue Timothy o alguien más y si fue alguien más, quién".

"No lo sé, pero creo que tu padre creía que era lo suficientemente fuerte como para derrotarlos y salvarlos a todos, pero no lo era. Podría haber sido cualquiera de ellos o todos, incluso alguien más. Es difícil de decir".

"Entonces, como dices, cualquiera de ellos o todos o alguien más. ¿Estoy entendiendo bien esto? ¡No estoy mejor que cuando empecé! Maldita sea…". Me habían dicho tantas cosas diferentes que mi mente estaba confundida.

"Alguna idea, ¿que hacemos ahora?".

"Huir quizás. Puedo tratar de ocultarte de ellos y averiguar por qué eres tan importante. Si tu padre lo sabía, no me lo dijo". Lo vi acercarse al fuego. Tentativamente, extendió la mano y me atrajo a sus brazos.

Esperamos un rato antes de salir. Apagué las llamas antes de marcharnos. La tormenta se había reducido a una ligera capa de polvo cuando llegamos a la carretera. El cielo de la noche era negro, como la muerte misma y frío.

"Tengo hambre, Candra. Necesito alimentarme pronto. No he matado a ningún ser humano durante mucho tiempo y no es por falta de intentos. No puedo porque me han perseguido hasta el punto en que deseo la muerte para escapar de la culpa. Hasta que te conocí a ti ya tus padres, todo lo que quería era venganza y luego el olvido final de la muerte; estar en paz. Lo más importante es protegerte y para ello necesito la fuerza que me dará beber sangre humana. Perdóname, Candra".

"No necesitas mi perdón; no tenías elección, ¿recuerdas? Kane, si decides que no vale la pena el sacrificio, lo entenderé, pero al final del día, si me salvas pero terminas perdiéndote, al final habrán ganado. Haz lo que tengas que hacer para sacarnos de aquí y estar a salvo".

Observé a Kane mientras él veía la granja. "Sangre humana fresca, la puedo oler en el aire, Candra. Está cubriendo mi garganta".

Lo vi permitiéndose entrar en modo de caza. Sus ojos, ennegrecidos como la noche, los colmillos se volvieron pronunciados y todo su comportamiento ahora era menos humano. Fue emocionante verlo, sin embargo, lo odié. Este Kane no era el hombre que amaba; no era un hombre en absoluto, era completamente un vampiro.

De repente, se abrió la puerta trasera.

"Jeff, por favor vuelve adentro. Puedes arreglar la ventana mañana. Por favor, vuelve", oí suplicar a una mujer.

"María, ya entro. Voy a estar bien. Solo quiero ver si hay alguien cerca, eso es todo. Vuelve con los niños. Además de que hace frío aquí afuera que te puede matar".

"¿Muerte?". No es gracioso, pensé. Por qué eso era exactamente lo que estaba pensando de mí. Kane estaba tan hambriento, tan seguro de lo que necesitaba, quería sangre humana y no le importaba cómo la obtendría, pero yo sí. Me preocupaba mucho que se debiera a mí que él se sintiera así.

El hombre bajó los escalones con el arma apuntando directamente delante de él, listo para disparar si era necesario.

"¿Quién está aquí? ¡Sal y no te haré daño!". Dio la vuelta al costado de la granja; se inclinó para comprobar si había pasos en el suelo... no había nada.

Al ver que este era mi momento y Kane estaba listo para atacar, me encorvé, me preparé para una pelea. Kane gruñó bajo y saltó aterrizando encima del granjero. Sin tiempo que perder, mordió, los músculos, los tendones crujieron mientras sus dientes se hundían. El hombre que luchaba por liberarse ahora se había vuelto rígido por la conmoción. Tomé a Kane antes de que drenara completamente a su víctima.

"Jeff, ¿estás bien? ¿Jeff?". Escuché a su esposa llamar.

Rápidamente volvimos corriendo al granero. Pasaron solo

unos segundos antes de que estuviéramos dentro y pude ver que estaba más fuerte que antes. A lo lejos, en la distancia, un grito resonó en la noche.

"Mi Dios, Candra, la sangre de animales no es nada con respecto a esto. ¿Cómo pude haber durado tanto sin ella?".

Una ambulancia y patrullas, con sus sirenas a todo volumen, sonaban en la distancia, en cualquier momento pasarían por el granero y se dirigirían hacia la casa de campo.

"No te acostumbres a ella, Kane; no voy a participar en la matanza de personas inocentes. Solo mantén la dieta de los conejos o lo que sea de lo que has estado viviendo". Lo miré y lo vi lleno de vida, pero no quería que fuera un monstruo y sabía que él tampoco quería convertirse en uno.

"Apenas puedo contenerme, Candra. Estoy lleno de tal necesidad de seguir adelante y encontrar otra víctima y luego otra, para beber y beber hasta...". Me empujó y caminó hacia el otro lado del granero.

17

El viento rugió, aullando toda la noche. Cuando Kane finalmente logró calmarse, nos dirigimos hacia el norte. Más lejos de Utica. No sabía qué tan lejos habíamos llegado, porque corrimos la mayor parte del camino hasta que más adelante había una casa señorial. Gris, con contraventanas negras. Una verja de hierro forjado, de color negro, reclamaba el perímetro de la propiedad. No era mucho para mirar, pero cualquier cosa era mejor que la casa de mi tío.

Esta era la casa de Kane, la que había comenzado a construir cuando aún era mortal. No estaba lujosamente decorada; era bastante simple, casi realista. Miré a mí alrededor tratando de encontrar alguna pista sobre el funcionamiento interno de la psique de Kane. Nada me saltó, excepto quizás la ausencia total de una cocina. Visitamos cada habitación por turno. Todas estaban llenas de libros, novelas amontonadas al azar, libros sobre física cuántica, historia, música y arte; nada estaba en orden. Tenía los gustos de lectura más eclécticos y mientras recogía y dejaba libro tras libro, finalmente sonreí cuando mis ojos se iluminaron en una copia de "Entrevista con el vampiro".

¿Louis o Lestat?, pregunté, sin levantar la vista del maltrecho y obviamente muy leído libro de bolsillo.

"Ninguno, o ambos, quizás. Los monstruos de ficción tienen la lujuria de su creador, puede lavar sus pecados en una secuela bien escrita".

"Si esperas que me quede contigo aquí, Kane, tendré que insistir en una cocina y plomería interior, sea lo que sea en que me esté convirtiendo, todavía tengo necesidades muy humanas".

"Por suerte para ti, pasé mi tiempo planificando tu estadía y visitando una tienda local de campamento. Siempre que tus necesidades humanas sean básicas, las tengo cubiertas. Creo que lo he considerado todo, incluida la comida, la ropa, las botas y un abrigo".

"Mi héroe, no hay nada más sexy que un vampiro práctico".

"Nada peor que un sirviente con boca inteligente. Te mostraré dónde está todo, podrás cambiarte y sentirte como en casa mientras yo echo un vistazo afuera para asegurarme de que Eldon no nos ha seguido".

Me ocupé de los aspectos prácticos rápidamente, luego me dispuse a alimentarme. Fiel a su palabra, había pensado en todo. Mi caballero de armadura manchada, mi pistolero protector de una época anterior, me había proporcionado todo lo que una chica podría necesitar. Había sido el hombre que mi padre había elegido para mí, por muy rebelde que pudiera haber sido por el comportamiento prepotente de mi padre, si todavía estaba vivo, solo podía agradecerle. Me había dado esta oportunidad. Me acosté con las sábanas de Kane en su cama con el camisón cálido y sensible que me había proporcionado y me quedé felizmente dormida.

"Me quitas el aliento". Se arrodilló a mi lado y tomó mi mano entre las suyas. Su mano no estaba tan fría como cuando tenía hambre. O los efectos de la sangre humana eran más duraderos o se había tomado el tiempo para comer un conejito mientras estaba vigilando.

Probablemente debería ignorar eso, pero no puedo. No respiras, ¿verdad?".

"No, me refiero a cada palabra, metafóricamente hablando.

La caricia de sus labios en mi boca encendió mi cuerpo en llamas.

Días, semanas, meses ya no tenían ningún significado para mí. Muchas veces, me enfadaba conmigo misma por mi falta de actividad. La parte de mí que llegó a casa para encontrar respuestas, para vengarse si era necesario, que anhelaba matar a todos los miembros de mi familia, parecía estar dormida. No estaba segura de cómo habían cambiado mis metas, pero lo que había planeado originalmente, ya no era una opción. Kane y yo estuvimos de acuerdo en que, por el momento, mantenernos vivos y juntos debería ser nuestro principal objetivo.

Miré a Kane, preguntándome si él también se sentía inquieto como yo.

"Kane, ¿han pasado días sin que hayas cazado? ¿No tienes hambre?".

Me sonrió y luego negó con la cabeza. "Me alimento de tu energía; me satisface más de lo que crees".

"Kane, hablaba en serio. Quiero que caces ahora. Tengo la extraña sensación de que estamos a punto de recibir una visita". Salí, dejándolo confundido. Cuando me acerqué a la parte superior de las escaleras, me encontró cara a cara.

"Debes tener hambre. ¿Por qué no te preparas algo de comer mientras no estoy?".

Podía sentir el hambre voraz dentro de él. Finalmente, estuvo de acuerdo en que necesitaba cazar. Había pasado un tiempo y sabía que no se sentía débil, pero tampoco estaba en su mejor momento. El problema era que no le gustaba cazar durante el día, debido a la luz del sol. Normalmente, en una noche cualquiera, saldría, pero las cosas habían cambiado, nuestras noches las pasábamos juntos porque sabía que tenía miedo de dejarme en caso de que mi familia llegara sin previo aviso.

Sabía que Kane se dirigiría hacia Starved Rock, pero no tanto en el Parque Estatal, con demasiados guardabosques alrededor, no estaba tan aislado como solía estar hace mucho tiempo, cuando se convirtió por primera vez en vampiro.

De regreso a casa sola, ahora podía pensar. Cuando él estaba cerca, no podía concentrarme en lo que tenía que hacer. Había tanto en juego y un desliz podría arruinarlo todo. Odiaba lo que estaba haciendo. En el fondo no era lo correcto. Necesitaba empezar e intentar averiguar más sobre lo que mi familia quería de mí.

Saqué el relicario, que había guardado conmigo desde que salí de la casa de mi tío, lo puse alrededor de mi cuello. De repente, la habitación comenzó a girar violentamente, aumentando con cada movimiento que hacía mi cabeza.

"Vaya, calma, calma". Cerré los ojos pensando que las cosas mejorarían. Caí al suelo y me agarré a la alfombra. Con los nudillos en el suelo, me aferré a mi vida.

"Tengo que quitarme este relicario; tiene que ser lo que está causando esto". Me moví lentamente para no agravar aún más la situación, solté la cadena, pero el mareo no disminuyó.

"Por favor, ¡basta! No puedo manejar esto, solo detente". Cuando pensé que no podía aguantar mucho más, se acabó.

Me quedé muy quieta. "Está bien, esto es extraño". Decidí intentar mover mi cabeza de lado a lado… sin dar vueltas en ese momento. Luego pensé en rodar hacia mi lado, todavía sin girar. Pensé que todo lo que había pasado se había ido. Me incorporé lentamente; finalmente me puse de pie. Miré el relicario en mi mano. "No te usaré, al menos no por ahora". Lo puse de nuevo en mi bolsillo.

Todavía estaba un poco inestable sobre mis pies, así que me tomé mi tiempo; salí al pasillo y me dirigí a la escalera.

Comencé a sentirme ansiosa, pero eso probablemente había sido solo una reacción al mareo. Lo ignoré. Todo estaba bien. No tenía otros problemas de vértigo, pero la comida todavía no me parecía apetitosa, así que en su lugar preparé un té caliente de sanguina y muérdago. Kane me había explicado que la raíz de sangre era una poderosa ayuda para vampiros y sirvientes por igual, sus efectos, ya sea tomados por sí solos o mezclados con otras hierbas, podían enmascarar diferentes aspectos que maldecían lo eterno. Mezclada con ajo, la sanguinaria permitía al bebedor caminar al exterior con luz diurna limitada y mezclada con sangre podía calentar a un vampiro hasta casi la temperatura ambiente. Esto explicaba mucho. Había vivido con mi padre sin darme cuenta de su naturaleza vampírica. Mi madre y yo habíamos bebido té infundido con sanguina y pétalos de rosa, lo que hacía que nuestra sangre fuera desagradable para los vampiros. Lo bebí con muérdago para aumentar mi fuerza y mejorar mis sentidos.

Tomé un sorbo, cerré los ojos y me preparé para desconectarme por un tiempo. Entonces me golpeó, como una bofetada en la cabeza, estaba mirando por la ventana, pero estaba viendo algo más. Estaba con Kane en el bosque y acababa de terminar su matanza. Sonreí, ya que podía sentir su insatisfacción con su dieta de conejo. Estaba a punto de deshacerse de Thumper cuando un ruido lo alertó de la presencia de otro vampiro en el área. Sus músculos se tensaron. Kane y los vampiros somos muy territoriales y esta intrusión hizo que su sangre hirviera de rabia. Solo escondido entre las sombras, una figura estaba de pie y en su mano… una ballesta.

"De caza, ya veo, también durante el día. No es algo muy inteligente, especialmente para alguien como tú; podrías ser visto. Alguien podría acercarse sigilosamente y sorprenderte".

Eldon hizo saber su presencia, se paró a varios metros de distancia, pude ver una ballesta apuntando directamente a Kane. Escuché a Kane sisear instantáneamente su disgusto.

"Eldon, esto no me sorprende. He estado esperando que hagas un movimiento".

"No podías saber que venía. Has jugado tu parte en esto, Kane. La familia ahora exige tu muerte. Candra es nuestra y la vamos a recuperar". Mantuvo su distancia de Kane.

"Podrías preguntar a Candra lo que quiere". Podía sentir la ira de Kane creciendo lentamente.

"No necesitamos preguntarle, Kane. Ella es nuestra, ella siempre ha sido nuestra".

Kane atacó, esquivando una flecha. Eldon recargó, apuntó, pero fue muy lento. Ambos salieron volando por el aire, aterrizando finalmente y creando un surco en la maleza de varios pies de largo. Ya no armado con su ballesta, Eldon lanzó a Kane en espiral hacia atrás contra un árbol en retirada. Mientras tanto, la acción de Eldon le dio la oportunidad de sorprender a Kane con la guardia baja. El árbol, que ya no estaba erguido, yacía partido por la mitad con Kane estirado sobre el tocón afilado. Con una mueca de dolor, luchó contra las ganas de gritar; en cambio, se centró en acabar a Eldon.

No podía moverme; me sorprendió la oleada de emociones que estaba recibiendo de Kane. La violencia de sus sensaciones, su furia y la desesperación por salvarme, me atravesó como un tren expreso. A través de los ojos de Kane, pude ver a lo lejos, y luego más aún. Fuera de la vista de Kane, Eldon se quedó sonriendo.

El labio superior de Kane se curvó sobre sus colmillos. Gruñó al ver un movimiento en las sombras. Eso era todo, Eldon estaba condenado, podía sentirlo; Kane nunca dejaría que la familia me tuviera. Con un movimiento rápido, Kane se abalanzó sobre él, sentí un dolor punzante atravesar el pecho de Kane. Mis ojos se abrieron con horror cuando me di cuenta que la retirada de Eldon había sido para levantar su ballesta.

"¡Kane!", grité, pero nuestra conexión estaba rota.

18

El pánico surgió. No podía creer que Kane estuviera muerto. No podía creer que Eldon se hubiera arriesgado a matarlo con nuestro vínculo, ahora completamente formado. Kane me había dicho que nuestra unión era tan fuerte que ninguno de nosotros podría sobrevivir si uno moría.

Nunca había considerado la posibilidad de que Eldon o cualquier miembro de la familia le hiciera daño a Kane. Debería haber estado a salvo. ¿Por qué arriesgarían el premio: ¿yo? Los sirvientes humanos, cuando muere su creador, generalmente se vuelven locos. Ahora Kane estaba muerto. Debía pasar mi vida extendida como una delirante demente. Quizás a mi familia no le importaba si me volvía loca. Quizás nuestro vínculo no era la protección que mi padre y Kane habían pensado.

Noté que todo estaba quieto, demasiado quieto. Miré por la ventana y lo vi, Eldon, de pie como de piedra mirando la casa. Quería gritar pero me contuve. Ya no era esa chica inocente, ya no se aprovecharía de mí, ni me usaría para lo que otros desearan. No, este era mi turno para mostrarles que habían elegido a la persona equivocada para su juego. Así que esperé, miré mientras cargaba su ballesta y comenzaba a caminar hacia la puerta principal. "Eso es todo, tío, ven a cosechar lo que has sembrado..., me aseguraré de que obtengas lo que te mereces... y más".

"¿Has venido a matarme? ¿Tío Eldon?". Trató de ubicarme hacia el sonido de mi voz, pero no vio nada.

"Pensaste que me volvería loca, ¿no? Pensaste que me encontrarías acurrucada, en un ataque de rabia, gritando. Lamento decepcionarte".

Eldon se quedó afuera cuando la puerta se abrió. Con la luz fluyendo detrás de él, todavía no podía verme, hasta que apareció un pie, luego unas piernas, un torso y finalmente mi rostro mientras me tomaba mi tiempo para bajar las escaleras. Todavía seguía sin palabras, así que continué.

"Hay muchas cosas que no sabes. Piensa en el pasado, recuerda el árbol genealógico, si lo deseas. ¿Alguna vez viste mi nombre?".

Tratando de recordar cualquier imagen, la comprensión se deslizó en su rostro. "No... yo nunca... tu nombre nunca estuvo con el de tus padres. Supongo que simplemente...".

"¿Lo olvidaste? Probablemente no. Verás, he estado pensando y no creo que sea una verdadera Rosewood, aunque llevo el nombre. Kane y yo pensamos que podría haber sido adoptada, o que fui un regalo para mis padres, una especie de bienvenida. Mi madre perdió un hijo y luego no volvió a concebir. Mi padre le dijo a Kane que su trato con su padre era que la familia lo dejaría en paz siempre que proporcionara un heredero".

"Pero hueles y te ves como una Rosewood. Te reconocería en cualquier parte como miembro de nuestra familia".

"¿Lo crees? Mira de nuevo y huele el aire a mí alrededor. Huelo y me veo así porque ingerí sanguina mezclada con un poco de la sangre de mi padre cada vez que estábamos juntos, pero su efecto está desapareciendo ahora".

"¿Quién eres tú?".

"Por qué podría ser más útil, para ser sincera, yo mismo aún no conozco todos los detalles. Me ayudó que fueras incapaz de conocer mis pensamientos o mi paradero, ahora que Kane me ha marcado. De hecho, la única razón por la que lo hizo tan rápido fue para protegerme de que tú y los demás conocieran mis pensamientos. Las únicas personas que sabían que yo no era una Rosewood de nacimiento, eran mis padres y Kane, quien ha sido mi guardaespaldas y amigo de confianza de mis padres durante muchos años".

La ballesta comenzó a temblar mientras lanzaba mis palabras unas tras otras. Ahora lo tenía donde lo quería y era el momento.

Como el cazador que ha acorralado a su presa, comencé mi ataque. Avancé lentamente y con cada paso, el arco de Eldon se sacudía más.

"Mira lo que tengo...". Le tendí el relicario de mi casa, parecía asustado mientras me aproximaba a él.

"Me pregunto qué pasaría si te metiera esto en tu garganta. Lo llené de agua de rosas y lo cubrí con mi propia sangre. ¿Te gustaría, como Timothy, arder en llamas hasta que no quede nada más que tu carne quemada en el suelo? Sabes, sentí su dolor, fue insoportable, pero fue rápido. Quiero algo... más doloroso, pero igual de permanente para ti. Creo que es hora de que le hagas compañía". Mis labios, rojo sangre, se curvaron en una sonrisa, mientras mis colmillos descendían a su lugar.

Eldon se sorprendió al verme tomar mi forma vampírica. Apretó el gatillo de la ballesta y disparó la flecha directamente a mi corazón. Me convertí en un borrón frente a él mientras intentaba moverse, pero en cambio, se inclinó de dolor. Mis gruñidos, bajos y horribles, resonaron dentro de mi cabeza. Sus gritos de miedo fueron música para mis oídos mientras me regocijaba con los gritos ahogados que provenían de él.

"No creo que esta flecha rota te sirva de mucho". Tiré al suelo los pedazos de lo que quedaba. Lo miré a los ojos apretando su garganta.

"Dime, Eldon, ¿crees que Kane sintió este tipo de dolor? ¿O era más así...?". Mis ojos se movieron ligeramente cuando Kane entró por la puerta. Eldon sintió una nueva presencia en ese momento. Inhaló rápidamente, como si tuviera aliento, pero apenas podía moverse con mis manos envueltas con fuerza alrededor de su garganta.

"Yo... ¡Yo te maté! Te vi tirado en el suelo, eras tú", jadeó horrorizado.

"Imbécil. Siempre debes comprobar las muertes". Kane se acercó a él, lo desempolvó como si fuera un mueble y se burló de él.

"Tu flecha encontró su camino hacia mi pecho, pero perdí el órgano más vital, mi corazón. Dolía como el infierno y era molesto, pero me las arreglé para sacarlo. He sanado muy bien, podría añadir, solo punzadas de una cicatriz, nada más, ¿ves...?". Y descubrió su pecho para mostrar su gran error, luego vino y tomó su lugar a mi lado.

"¿Por qué trataste de matarme? ¿Por qué? Estoy un poco confundida. Pensé que el día que fui atacada, cuando era humana, querías ayudarme. Ah, pero espera, fue mi error. Huí de ti, ¿verdad? Ahora lo pienso". Él me sonrió. Le encantaba jugar a este tipo de juegos, al gato y al ratón.

"Vi a través de ti, no querías ayudarme en absoluto, ¿verdad, Eldon?".

"No", gruñó Eldon.

"Por supuesto que no, no soy una Rosewood, ¿verdad? Soy suciedad y querías alimentarte de mí, como una tienda de alimentos, por así decirlo".

Liberé a Eldon de mi agarre y en un instante, Kane hundió las uñas profundamente en su garganta y con un rápido tajo, le abrió la garganta. La sangre brotó de la herida, salpicando el suelo. Los ojos de Eldon se abrieron de par en par por el miedo.

Todo el tiempo, me quedé de pie y miré... impasible e inmóvil.

Kane continuó hundiendo los dedos en la herida. Sus ojos estaban ahora completamente negros y su rostro tenía una mirada salvaje, casi inhumana. En ese momento, era todo un vampiro y su fuerza me dio valor.

"Entonces tu familia amenazaba mi alma gemela. Me llamó, aunque no sabía lo que estaba haciendo, sabía que tú lo sentías. Cuando te vi por la zona, fui yo quien avisó a los padres de Candra. Eres un hombre tan inteligente. Siempre tan útil, ¿no es así, Eldon? Pero lo sabía mejor. La querías, ¿no? ¡Habla! Oh, lo siento, no puedes, ya no tienes estas". Y levantó sus cuerdas vocales.

Eldon negó con la cabeza violentamente mientras la sangre manaba de su boca.

"Yo también sé por qué. No soy tan tonto, Eldon. Sabíamos el poder que Candra podría tener y sabíamos lo que esos poderes podrían hacer una vez que encontrara a su pareja. Candra es hermosa, una rara rosa en flor y muy fragante. Conectamos perfectamente".

Me tendió la mano, que tomé y besé.

Suspirando profundamente, aflojó su agarre sobre Eldon.

"Eres un típico Rosewood, Eldon, son una familia orgullosa y creías que Candra cumplía una profecía familiar. Estabas equivocado y ellos también. No entendiste las reglas de este juego y tú y el resto de tu familia morirán por eso. Tengo que hacer lo que creo que es correcto. Prometí protegerla con mi vida y lo haré, Eldon. También mataré a cualquiera que sea una amenaza para Candra".

En un instante, Kane le arrancó la cabeza; enviándola por el aire enterrándose profundamente en la nieve. Mantuvo una mirada de horror congelada en su rostro por toda la eternidad. En ese preciso momento, el mundo y todas sus cargas se disiparon y nunca había sentido una liberación como la que sentí en ese momento. Sonreí.

Algo se agitó esa noche, algo que ni yo ni Kane habíamos

sentido antes, una sensación de propósito. Él también lo sintió. Tomé su mano con la mía y la guié a mis labios. Tan pronto como su mano me tocó, una oleada como una explosión de energía se encendió entre nosotros.

"¿A dónde vamos, Candra?".

"Quién sabe, todavía tenemos que encontrar a los otros Rosewoods y acabar con ellos antes de que puedan llegar a mí, tenemos que encontrar a mi familia natural".

Mi vida era un rompecabezas y hasta ahora faltaban la mayoría de las piezas. Mis padres me habían amado, fuera o no su hija biológica, yo los amaba. Kane me había aclarado alguna de las piezas. Me había dado respuestas a algunos de los acertijos, pero ahora teníamos que seguir adelante y averiguar sobre mi herencia, mi patrimonio. Necesitaba saber de dónde venía y necesitaba averiguar sobre el legado que era mi supuesto derecho de nacimiento. Miré a Kane y en sus ojos y vi todo lo que necesitaba saber.

"¿Deberíamos enterrarlo o quemarlo?", pregunté.

"Depende, si lo enterramos y el resto de la familia lo encuentra, podrían traerlo de vuelta".

"Es mejor quemarlo entonces, tengo la sensación de que nuestro mundo será mucho más feliz con un Rosewood menos en él".

Kane arrastró el cuerpo lejos y momentos después vi llamas provenientes de los árboles hacia el oeste. Eldon finalmente se había ido y me pregunté si quizás nos habíamos apresurado un poco. Quizás podría habernos dado más información sobre el legado. Vi a Kane caminar lentamente hacia mí. En momentos como este podía verlo como había sido cuando era humano. Caminaba como un hombre que sabía su dirección, pero que el viaje valía la pena. Él miró hacia arriba y me sonrió.

"Bien, Señora Smith, pensé que la familia nunca se iría. ¿Qué deberíamos hacer ahora?".

"Bueno, Sr. Smith, tenemos la casa para nosotros. Estoy segura de que pensarás en algo".

Envolvió sus brazos a mí alrededor y lo sentí besar la parte superior de mi cabeza. Estaba segura de que el camino que ahora recorreríamos juntos sería largo y con muchos obstáculos, pero confiaba en que juntos podríamos encontrar respuestas y un lugar en el mundo para nosotros. Por lo que ambos sabíamos, yo era la única vampira completamente humana en el mundo. Estaba segura de que había una razón para mi ser, además de la cósmica, y en algún lugar, alguien tendría las respuestas. Solo teníamos que encontrarlos, pero primero teníamos que hacer lo que cualquier pareja normal haría y ser felices juntos.

El mejor y más duradero regalo que me habían dado mis padres era la capacidad de reconocer y apreciar el valor del amor. Los Rosewood podrían pensar que su legado era mi derecho de nacimiento, mi patrimonio, pero ahora lo sabía mejor.

Querido lector:

Esperamos que haya disfrutado leyendo *El Patrimonio*. Por favor, tómese un momento para dejar un comentario, aún si es breve. Su opinión es importante para nosotros.

Atentamente,

Sue Mydliak y el equipo de Next Chapter

SOBRE LA AUTORA

Sue Mydliak ha estado escribiendo por seis años. Tuvo su comienzo en el mundo editorial con "Flash Fiction, The Clearing", que apareció en el número 7 de la revista "Mississippi Crow".

A partir de ahí ha tenido numerosas publicaciones de sus cuentos de terror. Su más reciente: "Tortured Minds", se publicó en junio de 2012. Actualmente está trabajando en la secuela de "El Patrimonio", que espera terminar a finales de este año.

Vive en Illinois con su familia y es una profesional de educación especial, trabajando con estudiantes autistas, un trabajo que ha tenido durante los últimos once años.

El Patrimonio
ISBN: 978-4-86747-245-3

Publicado por
Next Chapter
1-60-20 Minami-Otsuka
170-0005 Toshima-Ku, Tokyo
+818035793528

18 septiembre 2021

www.ingramcontent.com/pod-product-compliance
Lightning Source LLC
LaVergne TN
LVHW101921220826
846093LV00009B/323

* 9 7 8 4 8 6 7 4 7 2 4 5 3 *